Andreas Schlüter · Irene Margil

Pistenjagd

STECKBRIEF

Michael: Athlet

Alter:
12 Jahre

Nation:
USA

Geschwister:
keine

Hobby:
Krafttraining

Lieblingsfarbe:
gold

Sternzeichen:
Widder

Schwäche:
protzt manchmal mit seinen Muskeln

Stärke:
meistens schnell im Handeln

Motto:
„Köpfchen allein genügt nicht. Kraft gehört dazu!"

Lieblingsfächer:
gibt es nicht!

Berufswunsch:
Sport-Animateur, Fitnesstrainer

STECKBRIEF

Jabali: Läufer

Alter:
12 Jahre

Nation:
Südafrika

Geschwister:
Bruder Rasul, 6 Jahre

Hobby:
Eisherstellung

Lieblingsfarbe:
täglich wechselnd

Sternzeichen:
Waage

Schwäche:
ist manchmal lieber allein

Stärke:
ausdauernd, geduldig

Motto:
„Nicht weglaufen, sondern hinlaufen!"

Lieblingsfächer:
Mathematik

Berufswunsch:
Sportwissenschaftler

Geschwister:
Schwester Hu

Hobby:
Pflanzen, B

Lieblingsfarbe:
grün

Sternzeichen:
Löwe

Schwäche:
manchmal

Stärke:
ruhig und

Motto:
„Es gib

Lieblingsf

Biologi

Berufsw

Richt

ckbrief

Kämpferin

e

Deutschland, ihre kommen aus Vietnam

e

men

wie eine Giftschlange

en

en Weg."

s: Pflanzenkunde

STECKBRIEF

Ilka: Schwimmerin

Alter:
12 Jahre

Nation: Australien, die Eltern kommen aus Deutschland

Geschwister:
keine

Hobby:
Zierfische, Salzwasseraquarium

Lieblingsfarbe:
türkisblau

Sternzeichen:
Skorpion

Schwäche:
hasst ihre Sommersprossen

Stärke:
unternehmungslustig, zuverlässig

Motto:
„Achte jedes Tierchen!"

Lieblingsfächer:
Physik, Chemie, Biologie

Berufswunsch:
Meeresbiologin oder Sportärztin

STECKBRIEF

Lennart: Ballkünstler

Alter:
12 Jahre

Nation:
Deutschland

Geschwister:
keine

Hobby:
Jonglieren und Bällesammeln

Lieblingsfarbe:
Linhs Augenfarbe

Sternzeichen:
Schütze

Schwäche:
manchmal hektisch und nervös

Stärke:
lebendig, kommunikativ

Motto:
„Erst zielen, dann handeln."

Lieblingsfächer:
Englisch, Deutsch

Berufswunsch:
Dolmetscher

© privat

Andreas Schlüter, geboren 1958, ist einer der erfolgreichsten Kinder- und Jugendbuchautoren der letzten Jahre. Gleich sein erstes Buch ›Level 4 – Die Stadt der Kinder‹ wurde ein Bestseller. Neben den zahlreichen ›Level 4‹-Bänden sind auch seine ›Heiße Spur ...‹-Abenteuer um Marion und das sprechende Chamäleon bei dtv junior im Taschenbuch lieferbar.
Zusätzliche Informationen über Andreas Schlüter und seine Bücher stehen unter www.aschlueter.de und www.fuenf-asse.de zur Verfügung.

© Iris Hogreve

Irene Margil, geboren 1962, entdeckte im Alter von 9 Jahren zwei Leidenschaften: das Fotografieren und den Sport. Das Fotografieren machte sie zu ihrem Beruf, den sie bis heute in Hamburg ausübt. Basketball, Skifahren, später Wen-Do und Karate waren ihre bevorzugten Sportarten, bis sie mit 33 Jahren das Laufen entdeckte. Sie läuft Halbmarathon und Marathon. Daneben ist Irene Margil ausgebildete Lauftherapeutin und Nordic-Walking-Trainerin. ›Fünf Asse‹ ist ihr erstes gemeinsames Buchprojekt mit Andreas Schlüter bei dtv junior.
Weitere Informationen über Irene Margil und ihre Bücher unter www.irenemargil.de.

Andreas Schlüter · Irene Margil

Pistenjagd

Fünf Asse

Sport-Krimi

Mit einem Daumenkino
von Karoline Kehr

Deutscher Taschenbuch Verlag

In der Reihe ›Fünf Asse‹ sind außerdem lieferbar:
Startschuss (Mini-Olympiade), dtv junior 71319
Schulterwurf (Judo), dtv junior 71320
Schmetterball (Tischtennis), dtv junior 71321
Fehltritt (Klettern), dtv junior 71322
Abgetaucht (Schwimmen), dtv junior 71362
Ausreißer (Radfahren), dtv junior 71357
Spielmacher (Basketball), dtv junior 71368
Fallrückzieher (Fußball), dtv junior 71396 (erscheint Januar 2010)

Originalausgabe
In neuer Rechtschreibung
November 2009

www.dtvjunior.de
Umschlagkonzept: Karoline Kehr
Umschlagbild: Karoline Kehr unter Verwendung eines Fotos von
© éric bargis – Fotolia.com
Lektorat: Katja Korintenberg
Gesetzt aus der Lucida Sans 11/14,5'
Gesamtherstellung: Druckerei C. H. Beck, Nördlingen
Gedruckt auf säurefreiem, chlorfrei gebleichtem Papier
Printed in Germany · ISBN 978-3-423-71395-5

Ferien im Schnee!

Ilka atmete tief ein, breitete die Arme aus und drehte sich voller Glückseligkeit im Kreis. Sie konnte gar nicht genug von dem Ausblick bekommen. Sie liebte das Meer, aber diese unendliche Schneelandschaft, die sich vor ihren Augen erstreckte, war fast genauso schön. Am schwimmbadblauen Himmel zeigte sich nicht ein einziges Wölkchen. Das gigantische Bergmassiv ringsherum glitzerte mit seinen schneebedeckten Kuppen und zu ihren Füßen erstreckte sich der Schnee ruhig und friedlich wie ein Meer und lud sie zum Skivergnügen ein. Ein paar hundert Meter unter ihr wieselten bunte Punkte wie Riesenameisen auf ihrer Straße einen Hang hinauf: Skiurlauber auf dem Weg zum Lift. Etwas weiter dahinter fuhren die Punkte in Schlangenlinien die Hänge herunter. Ilka versuchte sich auszumalen, welches Bild sie in der Landschaft hinterlassen würden, wenn ihre Spuren sichtbar

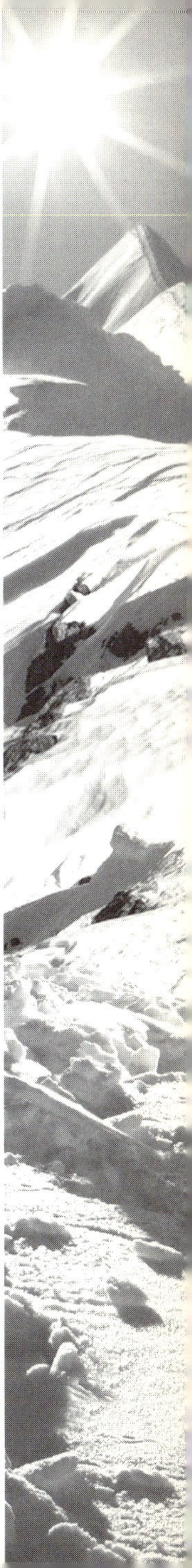

wären. Ein paar Linien auf dem Panorama verliefen quer zum Hang. Diese Spuren zogen die Anfänger, die von einer Seite der Piste zur anderen fuhren, bevor sie nach einer großen Kurve erneut den Hang querten.

Die größeren Ski-Hotels und eine gigantische Rodelbahn lagen glücklicherweise weiter unten zur linken Seite. Die riesigen Hotelanlagen waren von Ilkas Standpunkt aus nicht zu sehen. Hier auf der kleinen Holzterrasse stehend, konnte man glauben, es gäbe sie gar nicht.

»Ist das nicht herrlich?«, schrie sie in die Welt hinaus.

»Allerdings!«, pflichtete Linh ihr bei. »Die Landschaft ist fast zu schön, um darin Ski zu fahren.«

»Von wegen!«, widersprach Michael. In seinem nagelneuen Skianzug – hauteng und aerodynamisch, wie man ihn zu einem Abfahrtsrennen trägt – schritt er aus der Hütte. Ein Onkel hatte tief in die Tasche gegriffen und Michael diesen Superanzug zu Weihnachten geschenkt. Dazu einen passenden Helm und eine Brille, durch deren verspiegelte Gläser man nichts von Michaels Augen sehen konnte. Er griff nach seinen bereitgestellten Skiern und den Stöcken. »Ich kann es gar nicht abwarten, endlich auf die Piste zu kommen. Wo sind die anderen?«

Die packten noch ihre Sachen in den Zimmern des Jugendsporthotels. Einem alten Holzhaus mit romantischer Fasadenmalerei. Ein Relikt aus alten Zeiten. Noch vor Kurzem hatte es »Hannas Skihütte« geheißen. Aber seitdem das Haus mit einem modernen Anbau erweitert worden war, trug es keinen Namen mehr. Eine moderne Leuchtschrift blinkte bei Nacht »Jugendsporthotel« in die Dunkelheit. Es lag etwas verloren zwischen den Zugängen zu verschiedenen Loipen und zahlreichen Spazierwegen, die auf eine Hochebene führten, und einem Doppelschlepplift auf der anderen Seite. Ganz in der Nähe lag ein weiterer Lift, hinter dem sich dann schon das große Waldgebiet erstreckte, in dem das kleine Paradies für Langläufer und Naturliebhaber lag. In bestimmten Bereichen gut erschlossen mit Loipen und Wegen. In großen Teilen naturbelassen, einsam und ruhig.

Durch irgendwelche Beziehungen in ihrem Skiverein, die niemand so recht durchblickte, war es ihrer Lehrerin Frau Kick gelungen, elf Plätze zu erschwinglichen Preisen in diesem Hotel zu ergattern. Die Fünf Asse plus deren Mitschüler Jessica, Vanessa und Torben

sowie Johannes und Shiva aus der Parallelklasse verbrachten nun ihre erste Osterferienwoche in diesem Skigebiet.

Als Nächster erschien Jabali vor der Tür des Jugendhotels. Nur an seiner dunkelhäutigen Nase erkannte Ilka überhaupt, dass es sich um Jabali handelte. Der Rest von ihm war mehr als gut verpackt: Er trug eine dicke Snowboardhose und -jacke und um den Kopf hatte er sich einen meterlangen Schal gewickelt. Seine Augen verbarg er ebenso wie Michael hinter einer Skibrille, seine Hände in kuscheligen Fellhandschuhen.

»O Mann, ist das kalt!«, bibberte Jabali.

Michael drehte sich verwundert zu ihm um. Im Gegensatz zu Ilka hatte er Jabali erst jetzt an der Stimme erkannt.

»Jabali?«, fragte er.

Jabali ließ unter dem dicken Schal ein leichtes Kopfnicken erkennen.

Lennart bekam das gerade noch mit, als er aus dem Hotel ins Freie trat. Auch er glotzte Jabali erstaunt an. Er wusste, dass Jabali Langlauf machen wollte. Aber in der Kleidung? Jabali wirkte unbeweglich wie ein dicker Schneemann.

»Darunter hab ich noch meinen Langlaufanzug an«, murmelte Jabali unter dem Schal hervor. Zum

Beweis lüftete er kurz die dicke Snowboardjacke. Dass jemand gleich zwei Anzüge übereinanderzog – einen engen zum Langlaufen und einen weiteren zum Snowboarden – hatten Lennart und Michael noch nie gesehen.

»Das ist doch viel zu warm!«, war sich auch Ilka sicher.

Jabali schüttelte den Kopf. »Zu warm? Wir haben minus zwei Grad!«

Ilka, Linh, Michael und Lennart lachten. Ausgerechnet Jabali, der sonst keine Gelegenheit ausließ, Eis herzustellen, jammerte nun über Kälte, packte sich ein wie ein Murmeltier kurz vor dem Winterschlaf und tapste schwerfällig und unbeholfen wie ein fetter Grizzlybär durch die Landschaft.

»Es wird Zeit, dass du dich bewegst. Dann wird dir schon warm werden«, schlug Michael vor.

Davon brauchte man Jabali nicht weiter überzeugen. So wie Michael und Lennart darauf brannten, mit ihren Skiern die Abfahrt hinunterzujagen, Ilka und Linh schon ihre Snowboards bereithielten, so konnte Jabali es kaum abwarten, mit seinem Langlauf zu beginnen. Er hatte im Hotel eine Gruppe ausfindig ge-

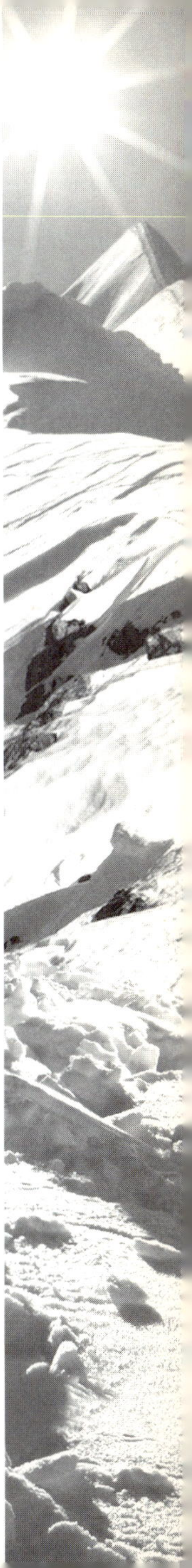

macht, die an diesem Tag eine besonders lange Tour unternahm, der er sich anschließen wollte.

Vanessa hielt nicht viel vom Laufen in jeglicher Form und hatte sich deshalb fürs Rodeln entschieden. Eine Sportart, die man im Sitzen ausübte, war ihr von vornherein sympathisch. Jessica blieb auf der Terrasse, weil sie sich zunächst lieber in der herrlichen Sonne bräunen wollte statt Ski zu fahren. Außerdem fühlte sie sich verantwortlich, für den ersten Abend eine Willkommensparty zu organisieren. Torben, Johannes und Shiva nahmen an einem Skikurs für Fortgeschrittene teil, der bereits vor einer halben Stunde begonnen hatte. Als Frau Kick gemeinsam mit Vanessa aus dem Hotel kam, waren sie vollzählig und konnten losziehen.

Das Tollste war: Das Jugendhotel lag so hoch, dass man nicht nur einen herrlichen Ausblick hatte, den Ilka gerade genoss, sondern zum Lift sogar ein Stück abwärtsfuhr.

Direkt vor der Haustür konnten die Kinder somit ihre Skier anschnallen oder sich aufs Snowboard stellen und losdüsen. Der Nachteil: Der Skiverleih, die Skihütte mit einem kleinen Imbiss sowie das ganze Touristenleben mit Souvenirshops und Sportbekleidungsläden lagen unterhalb ihres Hotels. Auch Vanessa musste ein Stück zu Fuß nach unten laufen, um zur Rodelbahn zu gelangen. Die lag um den Hügel herum, oberhalb der neuen Hotelanlagen. Das Ende der Rodelbahn führte fast direkt in eine Fußgängerzone, die wie eine Promenade an den Hotels entlangführte.

Jessica machte von allen noch ein paar Fotos und freute sich auf ihr Sonnenbad.

Jabali wartete noch auf die Gruppe der Langläufer. Als der Erste erschien, winkte Jabali ihm zu. Aber der Jugendliche reagierte gar nicht und schaute sich weiter suchend um.

»Hier bin ich! Hier!«, rief Jabali.

Der Langläufer konnte nicht ahnen, dass sich hinter diesem wattierten Ungetüm der nette Lange verbarg, mit dem er gerade noch darüber gesprochen hatte, über welche Strecke die Tour geplant war. Er sah in seiner eng anliegenden Hose und der kurzen Jacke neben Jabali fast nackt aus.

Jabali schaute nachdenklich an sich hinunter. Nun kamen auch ihm Zweifel, ob er angemessen gekleidet war. Noch hatte er Zeit, wenigstens den Snowboardanzug wieder abzulegen.

»Hallo! Ob die Gruppe noch einen Moment auf mich warten kann?«, fragte er den Lang-

läufer. Er wand den Schal aus seinem Gesicht. »Ich bin sofort wieder da. Einverstanden?«

Der Langläufer schien Jabali tatsächlich erst jetzt zu erkennen, grinste ihn breit an und nickte.

»Alle fertig?«, fragte Frau Kick. »Und denkt daran! Wir verlassen diesen Hang nicht und beschränken uns auf diesen Lift.« Frau Kick übernahm zwar keine Aufgaben als Skilehrerin, aber die Verantwortung für diesen Skiausflug trug sie trotzdem. Darum hatten sie sich auf diese Lösung geeinigt. So konnten sich alle gegenseitig ein bisschen im Auge behalten. Jabali auf der Loipe, Vanessa auf der Rodelbahn und Jessica auf der Terrasse natürlich ausgenommen.

»Dann los!«, gab Frau Kick das Startsignal.

Als Erster brauste Michael los. Er hatte sich wie Frau Kick und Lennart an diesem Tag für Abfahrtski entschieden. Mit seinen Stöcken schob er sich kraftvoll an und schoss mit den Skispitzen talwärts direkt auf die Piste.

»Augen auf!«, rief Frau Kick Michael noch hinterher.

»Kindskopf!«, sagte Lennart und fuhr ihm nach. »Bis gleeeeiiich!« Und damit war auch er schon mitten auf der Piste.

»Ist das hier ein Wettrennen?«, fragte Linh.

Frau Kick schüttelte den Kopf und lächelte.

»Vor wem fahren die denn weg?«, überlegte Ilka laut. Sie genoss immer noch den tollen Blick in die strahlend weißen Berge. Wo die Morgensonne noch nicht hinkam, lagen die Hänge dagegen in einem fahlen bläulichen Licht, die Kälte der Nacht war dort noch zu erahnen.

»Schnee duftet einfach wunderbar!«, rief Linh neben ihr begeistert aus.

»Du meinst wohl deine Spezial-Sonnencreme«, grinste Ilka sie mit hellrosa Lippen an. Die beiden wetteiferten mal wieder darum, welche den besseren Sonnenschutz bei sich hatte. Sowohl für die zarte Linh als auch für Ilka mit ihrer Sommersprossenhaut war Sonnencreme immer ein wichtiger Teil ihrer Ausrüstung. Gerade in den Bergen brauchten ihre Gesichter noch besseren Schutz. Hier oben war die Intensität der UV-Strahlung höher und durch die Schneeoberfläche wurden die Strahlen zusätzlich verstärkt. Ein letztes Mal benutzte Ilka den rosa Lippenstift, den sie in einer kleinen Tasche im Anzug verschwinden ließ. »Spezial-Lippenstift«, grinste sie Linh an.

Frau Kick stupste ihre Nase aufmunternd Richtung Tal. »Und ihr?«, fragte sie.

Ritsch, ratsch, ritsch, ratsch. Eine Familie auf Skiern fuhr direkt an ihnen vorbei. Die vier wanden sich wie eine Schlange den Hang hinunter: vorne der Vater, dahinter zwei Kinder und am Schluss die Mutter. Ritsch, ratsch.

Auf dem Hang war schon einiges los. Mit einem prüfenden Blick nach oben fuhr Ilka deshalb ganz langsam auf die Piste.

Auch Linh entschloss sich, endlich den Blick von der Landschaft zu lösen.

An manchen Stellen war der Hang schon jetzt ziemlich abgefahren. Die Spuren der Schneemaschinen, die die wichtigsten Strecken jede Nacht neu präparierten, waren kaum mehr zu erkennen. Linh wusste: Besonders die Stellen, die noch im Schatten lagen, waren oft eisglatt. Dort konnte sie die Boardkanten nur schwer zum Greifen einsetzen. Aber genau das gab ihr immer wieder Sicherheit. Viel Erfahrung mit dem Snowboard hatte sie noch nicht. Wenn sie sich auch schnell diesem Brett angepasst hatte, so brauchte sie trotzdem jedes Mal eine Art Einfahrzeit. Die ersten Minuten nutzte Linh dazu, sich mit ihrem Board und den Schneeverhältnissen anzufreunden. Im Judo kam sie ganz ohne technische Hilfsmittel aus: Sie vertraute ihrem Geist und ihrem Körper. Hier musste sie auch ihrem Board vertrauen und tastete sich langsam damit an den Hang heran. Sie musste eine Balance finden zwischen ihrem Können und ihrer Experimentierfreude.

»Yipiiieh!«, hörte Linh Lennart von irgendwo kreischen.

Von Michael war nichts zu sehen, er war schon längst hinter einer kleinen Kuppe verschwunden.

Ilka hatte inzwischen Vertrauen geschöpft und fuhr den beiden selbstbewusst auf ihrem Snowboard hinterher. »Mach ein S auf dem Wasser«, hatte ihr Vater in Australien immer gesagt, damals, als sie dort auf Wasserskiern stand. Hier schrieb sie das S den Berg hinunter. Sogar kleine Schussfahrten talwärts traute sie sich zu. Für ein paar Sekunden dem weißen Bergrücken mit dem Board möglichst wenig Widerstand bieten. Ein paar Meter Gleiten pur!

Linh wusste: Je mehr sie sich dem bunten Gebilde dort unten näherte, desto näher rückte das Ende der Fahrt. Die wartende Menschenmenge lag wie eine Traube um den Lift und schien sich nicht zu verkleinern. Das gleiche Bild bot sich an dem zweiten Lift, der

etwas weiter dahinter lag. Immer wieder stießen neue Skifahrer dazu. Auch wenn dieser Doppel-Schlepplift 20 Fahrer pro Minute beförderte, ahnte Linh, dass dort Geduld nötig sein würde. Darum genoss sie die letzten Meter noch mal ganz besonders.

Ganz anders Ilka! Denn ihr flößte kurz vor dem Ende der Abfahrt der Gedanke daran, dass sie gleich wieder mit dem Schlepplift nach oben musste, immer etwas Angst ein. Das Stahlseil, das in drei, vier Meter Höhe den Zugbügel abspulte, den sie rechtzeitig greifen und unter sich ziehen musste, der sie anfangs ruckartig und erst später gleichmäßig den Hang hinaufzog, bescherte Ilka jedes Mal zittrige Sekunden der Unsicherheit. Verpasste sie den Bügel und griff nicht rechtzeitig zu, brachte ihr das den missmutigen Blick des Liftpersonals ein. Verstolperte sie im Lift, dann musste sie die Fahrspur so schnell wie möglich zur Seite verlassen.

Aber unten angekommen, traute Ilka ihren Augen nicht. Am Lift hatte sich eine Schlange gebildet, die bis zum Eingang eines modernen Gebäudes reichte. Ilka stutzte einen Moment. Hier war es genau umgekehrt wie bei ihrem Jugendhotel. Ein großes, kitschig bemaltes Schild, auf dem »Hütterl« stand, zierte den trostlosen Betonklotz.

»Was ist denn hier los?«, stöhnte sie.

Linh schätzte die Warteschlange auf gute 150 Meter.

»Ferienzeit. Hochsaison«, erklärte Frau Kick. »So ist das leider. Es ist brechend voll. Und alle müssen irgendwie den Berg hinauf.«

»Das dauert doch mindestens eine halbe Stunde, ehe wir hochfahren können«, schwante es Michael.

Lennart vermutete sogar, dass sie noch länger warten mussten.

»Hätte ich das gewusst, hätte ich lieber mit Jabali Langlauf gemacht«, war auch Linh enttäuscht. »Da braucht man wenigstens keinen Lift.« So gern sie gemeinsam mit Ilka Snowboard fuhr, sie wollte keine wertvolle Ferienzeit in endlosen Warteschlangen vergeuden. Ernsthaft dachte sie darüber nach, am nächsten Tag auf Langlauf umzusteigen.

»Na, einmal sind wir doch schon gefahren«, versuchte Frau Kick zu trösten. »Da haben wir es besser als die meisten, die hier unten in den Hotels wohnen.«

Damit hatte Frau Kick zwar recht, dennoch fanden die Kinder es total öde, hier in der Warteschlange herumzustehen.

»Na gut, Kinder«, sagte Frau Kick. »Um die Wartezeit zu versüßen, gebe ich eine Runde Limo aus.«

Sie ging gleich los in die Skihütte, um die Limonaden zu besorgen.

Schneller als Ilka es erwartet hätte, kam sie wieder heraus. Ohne Limos.

»Was ist?«, fragte Lennart. »Ausverkauft?«

»Nein«, erklärte Frau Kick. »Es tut mir leid, aber fünf Euro für eine kleine Limonade, das ist mir einfach zu teuer. Ich spendiere die Runde heute Abend im Jugendhotel.«

Wieder eine Enttäuschung, wenngleich natürlich alle Verständnis für Frau Kicks Entscheidung zeigten.

»Fünf Euro für eine Limo!«, ärgerte sich Michael. »Die haben doch wirklich nicht mehr alle Tassen im Schrank.«

Auch Frau Kick musste zugeben, dass sie dieses Skigebiet anders in Erinnerung hatte. Sie war lange nicht mehr hier gewesen. Damals war ihre jetzige Unterkunft noch eine urige Skihütte gewesen. Als Frau Kick von deren Ausbau zu einem Jugendsporthotel gehört hatte, das sogar Sonderpreise anbot, hatte sie die Gelegenheit gleich beim Schopfe gepackt.

Nur war das Jugendsporthotel bei Weitem nicht

der einzige Neubau in diesem Gebiet. Einige weitere große Luxushotels hier unten im Tal waren seitdem entstanden. Der Lift war inzwischen auch komplett erneuert und weitere waren dazugekommen. Die Rodelbahn war nicht nur überholt, sondern sogar um etliche Meter verlängert worden. Und die Eisbahn, die Jessica am Nachmittag noch ausprobieren wollte, war ganz neu angelegt worden. Und so war aus dem kleinen, idyllischen Geheimtipp ein nagelneues, prallvolles Schickimicki-Skigebiet für gut betuchte Touristen geworden. Auch Frau Kick stand die Enttäuschung sichtlich ins Gesicht geschrieben.

»Ach kommt«, rief Linh in die Runde. »Wir lassen uns doch unsere Ferien nicht verderben!«

»Genau!«, stimmten Michael, Lennart und Ilka ein.

Schneller als erwartet waren sie dann auch schon dran und ließen sich den Berg hinaufziehen. Noch vom Lift aus zeigte Lennart auf eine Gruppe am Rand der Piste.

»Schaut mal. Dort sind die anderen!«, rief er nach hinten.

Vom Weitem erkannten sie Torben, Johan-

nes und Shiva, die kreisförmig um einen Skilehrer herumstanden.

»Gut, dass wir da nicht mitmachen«, grinste Michael. »Rumstehen und labern statt die Abfahrt hinunterzusausen, das wäre nichts für mich.«

»Komisch«, fand Lennart. »Das ist doch ein Kurs für Fortgeschrittene. Aber schaut euch das mal an!«

Die Gruppe ging auseinander und übte mit dem sogenannten »Schneepflug« zu bremsen. Eine absolute Anfängerübung.

»Was soll das?«, fragte sich Lennart. »Ich dachte, die fahren Slalom und üben Sprünge. Ich hatte auch erst überlegt, mich anzumelden.«

»Wir können doch einfach mal hinfahren«, schlug Ilka vor.

Kaum hatten die vier den Lift verlassen, sausten sie schon los.

Abgezockt

Lennart und Michael versuchten, in möglichst kurzen Schwüngen abzufahren. Linh und Ilka jagten auf ihren Snowboards hinterher. Die waren ein ganz besonderes Angebot des Hotels. Snowboards und Boots wurden dort allen Gästen auf Wunsch kostenlos zur Verfügung gestellt.

»Das ist wohl die absolute Ausnahme weit und breit, dass es hier etwas umsonst gibt!«, hatte sich Linh gefreut.

Da Ilka das Surfen auch im Meer beherrschte wie kaum eine andere ihrer Altersklasse, lag ihr das Snowboarden besonders. In gebückter Haltung, um besonders wenig Windwiderstand zu bieten, sauste sie über die Piste und holte sogar Lennart und Michael ein.

»Weg daaaaaa!«, brüllte sie. Im nächsten Moment flitzte sie schon zwischen den Jungs hindurch, als ob die nur Stangen eines Slalom-Parcours wären.

Das wollten Lennart und Michael natürlich nicht auf sich sitzen lassen und gaben mit den Stöcken noch mal ordentlich Schwung, bevor sie in die Schussfahrt übergingen.

Lennart ging so tief in die Hocke wie es nur irgend ging. Seine Nase lag schon fast zwischen seinen Knien, so legte er sich ins Zeug, um Ilka noch einzuholen.

Doch so leicht ließ Ilka sich nicht einholen. Mit einer scharfen Rechtskurve hätte sie Lennart in die Parade fahren und ihn zum Abbremsen zwingen können. Doch das war viel zu gefährlich. Trotz großem Ehrgeiz und Wettkampfgeist wurde Ilka nicht leichtsinnig. Sie wusste, wie viel Verantwortung jeder Fahrer – gleich ob auf dem Snowboard, den Skiern oder dem Schlitten – auch gegenüber allen anderen Sportlern auf der Piste trug. So schnitt Ilka die Kurve linksherum, gab Lennart damit zwar Gelegenheit, sie wieder zu überholen, kam dafür aber zusammen mit ihm sicher bei der Gruppe an. Sie wurden mit großem Hallo begrüßt. Hinter Ilka und Lennart folgte Michael. Mit bedächtigem Schwung erreichte Linh die Gruppe als Letzte.

Nur der Skilehrer war von dem spontanen Besuch der Freunde überhaupt nicht angetan.

»Was soll das?«, schnauzte er die vier an. »Verschwindet und stört hier nicht meinen Unterricht!«

Vollkommen verwundert über die Reaktion des Skilehrers brachte Lennart keinen Ton heraus. Auch Ilka verschlug es die Sprache. Mit so einer unfreundlichen Begrüßung hatte sie nicht gerechnet.

»Unterricht?«, wunderte sich Shiva. »Also bisher hat der irgendwie noch gar nicht begonnen.« Shiva hatte den Kurs ohnehin nur belegt, um mit Torben zusammen fahren zu können, mit dem sie sich besonders gut verstand. Shiva war eine ausgezeichnete Skifahrerin und hätte den Kurs selbst vielleicht sogar besser leiten können als ihr jugendlicher Skilehrer. Das fand auch Torben. Nicht nur, weil er Shiva besonders gern mochte. Schon durch die wenigen Tipps, die ihm Shiva am Morgen gegeben hatte, während sie noch auf Franzl, den Skilehrer, gewartet hatten, hatte er mehr gelernt als in den gesamten 20 Minuten, die Franzl nun schon den Kurs leitete.

»Bisher haben wir uns hier nur den Hintern abgefroren«, beschwerte sich jetzt auch Torben. »Wann fahren wir denn endlich mal los?«

»Können wir ja nicht!«, konterte Franzl.

»Wenn eure Freunde hier angestürmt kommen und uns stören!«

»Hä?«, fragte Michael. »Meint der uns?«

Das konnte sich Lennart eigentlich nicht vorstellen. Aber jemand anderen konnte der Skilehrer ja auch nicht gemeint haben. »Wir haben doch bloß mal Hallo gesagt!«

»Das nervt aber«, fuhr Franzl ihn rüde an. »Geht doch auf den Idiotenhügel zu eurem Anfängerkurs!«

»Hat er Anfänger gesagt?«, fragte wieder Michael. Er drehte sich um, als ob hinter ihm noch eine fremde Gruppe stehen würde.

Franzl nickte. »Ich hab doch eben gesehen, wie ihr die Piste heruntergeeiert seid!«, behauptete Franzl.

Michael wusste zwar, dass er nicht der beste Skifahrer war. Aber ein Anfänger war er ganz gewiss auch nicht. Und schon gar nicht mochte er sich als einen solchen bezeichnen lassen. Ärgerlich grummelte er vor sich hin und überlegte, was er dem Schnösel von Skilehrer antworten sollte. Linh erkannte den Ärger sofort, der in der Luft lag, und ging schnell dazwischen.

»Ein guter Vogel wählt den Baum aus, auf dem er rastet«, zitierte sie eine alte chinesische Weisheit.

»Was soll das denn heißen?«, grollte Franzl.

»Das soll heißen«, erläuterte Linh. »Wir ziehen jetzt einfach mal weiter!«

Mit einem Blick zu Ilka holte sie sich deren Einverständnis. Auch Ilka wollte sich die Freude nicht durch unnötigen Ärger vermiesen lassen. Lennart schloss sich an. Nur Michael grummelte noch. Aber auch er würde mitkommen. Das wusste Linh.

Doch Franzl setzte noch mal nach. »Ist auch besser, wenn ihr jetzt endlich mal Leine zieht«, blaffte er.

Und schon stand Michael wieder auf der Matte. »Hast du ein Problem?«

Linh rollte mit den Augen. »Jetzt lass doch gut sein, Michael.«

»Pöh!«, entgegnete Michael. »Die trübe Tasse kann gerade mal den Schneepflug und nennt mich einen Anfänger!«

»Ja«, mischte sich nun auch noch Johannes ein. »Mehr als das öde Abbremsen haben wir noch nicht geübt. Dabei können wir das alle längst. Kannst du überhaupt Ski fahren?«, fragte er den Lehrer.

Michael lachte laut los. »Gute Frage!«, lobte er Johannes. »Das möchte ich auch mal wissen.«

Das war zu viel für Franzl. »Wisst ihr was?«, brüllte er. »Ihr könnt mich mal! Seht doch zu, wer euch Scheißtouristen das Skifahren beibringt. Ich jedenfalls nicht! Blöde Stadtkinder. Haut bloß ab!«

Mit diesen Worten drehte Franzl ab, stieß sich mit zwei, drei kräftigen »Schlittschuhschritten« ab und sauste die Piste hinunter.

»Was war das denn?«, fragte Torben.

»Er ist abgehauen«, stellte Shiva fest. »Das hast du doch gesehen!«

»Abgehauen?«, fragte Torben verdutzt, als ob er es nicht mit eigenen Augen gesehen hätte. »Der kann doch nicht einfach abhauen. Den Skikurs haben wir bezahlt.«

Genauso verblüfft standen die anderen da. So etwas hatten sie noch nie erlebt.

Nur Michael sah sich vollauf bestätigt. »Für den Knallkopf habt ihr noch etwas bezahlt?«, ereiferte er sich. Verständnislos schüttelte er den Kopf.

»Schon gut, Michael«, bremste Shiva ihn. »Du hast natürlich wieder alles besser gewusst.«

»Vielleicht kommt er ja wieder zurück«, hoffte Johannes noch immer. Doch außer ihm glaubte das niemand mehr.

»Was machen wir denn jetzt?«, fragte sich Shiva.

Dass ausgerechnet sie die Frage stellte, löste

wiederum bei den anderen Verwunderung aus.

»Du kannst den Kerl doch locker vertreten. Warum leitest du nicht den Kurs?«, schlug Torben vor.

Shiva winkte ab. »Ne, ne! Ich will auch noch etwas lernen.«

Damit aber wäre sie bei Franzl ohnehin am falschen Platz gewesen. Das sah nicht nur Michael so.

Während die anderen noch immer verdutzt dastanden, glänzte Linh mal wieder mit einem praktischen Vorschlag.

»Bevor wir hier zu Eissäulen erstarren«, sagte sie in die Runde, »lasst uns doch hinunterfahren und Frau Kick fragen, ob sie uns Unterricht gibt. Dann würde ich morgen auch noch mitmachen.«

»Gute Idee!«, fand Ilka. »Ich bin dabei!«

Nur Michael blieb skeptisch. »Bei Frau Kick? Kann die so gut Ski fahren? Die macht doch eigentlich Triathlon!«

Zur Antwort zeigte Linh auf die Piste: Ein Skifahrer jagte in gekonntem Slalom den Abhang hinunter. So schnell und so geschickt, dass andere Feriengäste stehen blieben oder

sogar extra anhielten, um sich die rasante Fahrt anzuschauen.

»Wow!«, rief Michael voller Bewunderung. »Der kann aber fahren!«

»Der?«, lachte Linh. »Das ist Frau Kick!«

»Echt?« Michael mochte es nicht glauben.

Ilka klopfte Michael auf den Helm. »Du hast wieder mal nicht gemerkt, dass Frau Kick als Einzige weit und breit einen grasgrünen Skianzug trägt, oder?«

»Nö«, gab Michael zu. Er glaubte seinen Freunden ja auch so, dass die rasante Fahrerin ihre Lehrerin war. Ihn wunderte nur, wieso er davon nichts gewusst hatte.

»Als Jugendliche fuhr sie in der Nationalmannschaft«, berichtete Ilka. »Das hat sie mir während der Bahnfahrt erzählt.«

Michael kam aus dem Staunen nicht mehr heraus. »Wieso ist sie nicht dabeigeblieben?«, fragte er sich.

»Ganz einfach«, erklärte Ilka ihm mit einem breiten Grinsen. »Damit sie untalentierten, hüftsteifen Muskelprotzen das Skifahren beibringen kann!«

»Hä?«, fragte Michael nach.

»Na, weil sie Lehrerin werden wollte«, erklärte Ilka.

Michael nickte. Und begriff ganz langsam, dass mit »untalentierter, hüftsteifer Muskelprotz« er selbst gemeint war.

»Hey!«, rief er nun empört.

Aber da stand Ilka schon nicht mehr neben ihm, sondern sauste auf dem Snowboard den Berg hinunter. Linh folgte ihr in einigem Abstand. Noch immer hatte sie großen Respekt vor dieser Art der Fortbewegung.

»Na warte!«, zischte Michael, rückte sich seine Skibrille zurecht, drückte sich mit den Stöcken ab und raste den anderen hinterher. Denn auch Lennart, Shiva, Torben und Johannes fuhren bereits in höchstem Tempo über die Piste.

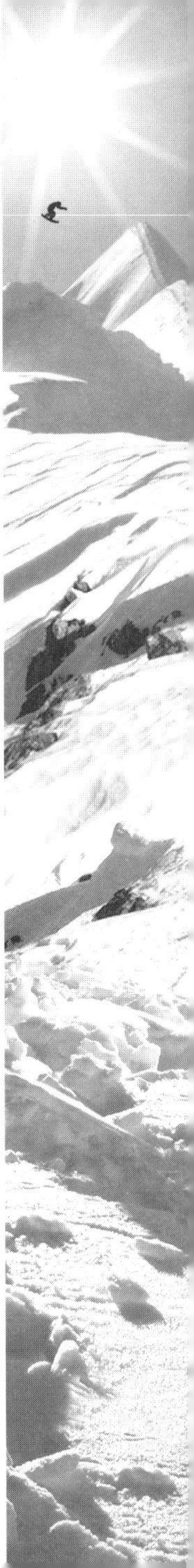

Böse Überraschung

Kurz bevor der Wecker klingelte, öffnete Michael ein Auge und blinzelte aus dem Fenster. Ein greller Sonnenstrahl blendete ihn. Michael rollte aus der Sonne, sprang auf und stand mit einem mächtigen Satz am Fenster. So weit sein Blick reichte, nichts als strahlend blauer Himmel.

»Ja!«, schrie er und ballte die Siegerfaust.

Er freute sich riesig auf den bevorstehenden Tag. Obwohl Frau Kick auch ein bisschen Ferien haben wollte und absichtlich keinen Kurs angeboten hatte, ließ sie sich unter diesen besonderen Bedingungen von ihrem Plan abbringen. Das Betteln hatte sich gelohnt! Frau Kick hatte zugesagt, Übungen anzubieten, die den Namen »Skikurs für Fortgeschrittene« verdienten.

Unter einer Bedingung: Shiva, Torben und Johannes sollten sich schriftlich beim Tourismusbüro des Ortes beschweren. So ganz ungeschoren sollte der Skilehrer nicht davonkommen. »Ich helfe euch auch gern dabei. Vielleicht gehen die dann der Sache genauer nach.« Die drei waren sofort einverstanden gewesen und freuten sich jetzt auf das Training bei einem ehemaligen Nationalmannschaftsmitglied!

Das hörte sich so verlockend an, dass sogar Michael teilnehmen wollte. Er hoffte, dass sie auch ein paar Sprünge üben würden.

Jabali rieb sich die Augen und linste ebenfalls hinaus.

»Ich wünschte, es wäre so warm wie es draußen aussieht«, lautete sein erster Satz.

»Ist es doch!«, behauptete Michael. Und ergänzte mit einem Blick aufs Thermometer, das außen am Fensterrahmen angebracht war: »Immerhin drei Grad plus.«

»Brrr!«, machte Jabali und zog sich die Decke über den Kopf.

»Los, aufstehen!« Michael rüttelte an Jabalis Bett. »Ab sieben Uhr gibt es Frühstück!«

Jabalis Kopf kam wieder unter der Decke zum Vorschein. »Und wie spät ist es?«

»Halb sieben!«, strahlte Michael.

Jabali riss die Augen auf. »Bist du nicht mehr bei Sinnen?«, bölkte er los. »Und dann weckst du mich? Mann. Mein Langlauf beginnt

um neun Uhr. Und du machst um halb sieben so einen Radau!«

»Schlafen kannst du auch zu Hause«, fand Michael. »Los komm! Lennart ist auch schon wach!«

»Ja!«, rief Lennart aus dem Badezimmer. »Kein Wunder. Neben dir kann ja auch keiner schlafen. Erst schnarchst du und dann wachst du so früh auf.«

Lennart kam fertig angezogen aus dem Bad. »Aber von mir aus. Ich bin bereit für eine kleine Frührunde!«

»Super!«, freute sich Michael. »In einer Minute bin ich auch so weit.«

Jabali schüttelte nur den Kopf. »So früh hat der Lift noch gar nicht geöffnet!«

Doch das hinderte Michael und Lennart nicht, trotzdem vor dem Frühstück schon mal eine kleine Tour zu fahren. Wozu wohnten sie auf halber Höhe eines Skihanges? Da konnten sie gut in aller Frühe ganz alleine hinunterdüsen und dann die freie Piste nutzen, um mit eigener Muskelkraft wieder nach oben zu steigen. Ein Krafttraining der besonderen Art, fand Michael. Danach würden sie sich ganz besonders auf das Frühstück freuen und doppelt zulangen können! Ein perfekter Plan und ein perfektes Timing.

Lennart ging vor, während Michael sich anzog und Jabali sich noch einmal umdrehte. Er freute sich auf eine weitere Stunde Schlaf, sobald die beiden Radaubrüder das gemeinsame Zimmer verlassen haben würden.

Doch bevor Michael ging, kam Lennart schon wieder zurück.

»Mal wieder was vergessen?«, fragte Michael.

»Ne«, antwortete Lennart. »Hat Frau Kick unsere Skier weggestellt?«

»Warum sollte sie? Die stehen im Schuppen. Da, wo wir sie gestern abgestellt haben.«

Doch genau von dort kam Lennart gerade. Nur seine Skier hatte er nicht gefunden.

»Deine Augen schlafen wohl noch«, vermutete Michael lachend. »Warte, ich komme.«

Noch schneller als er es ohnehin vorgehabt hatte, zog er sich an und tippelte nur wenige Minuten später hinter Lennart her zum Schuppen. Seine Plastikkarte griffbereit in der Hand. Der Abstellraum war mit einem speziellen Schloss gesichert, vor das man nur diese Karte halten musste, um es zu öffnen. Jeder, der sich Skier ausgeliehen hatte, bekam so eine Karte, um seine Skier jederzeit sicher verstauen zu können.

Michael erinnerte sich genau, wo er am Vorabend seine Skier abgestellt hatte. Gleich vorn links neben der Tür, dort, wo ...

er nun auf eine leere Halte-Bindung an der Wand starrte.

»Nanu?« Er fasste mit der Hand an die Bindung, als ob die Skier noch da stünden, sich nur unsichtbar gemacht hätten. »Hier habe ich sie gestern Abend festgezurrt. Ganz sicher.«

Er schaute sich in dem Raum um. Zu beiden Seiten standen zig Skier ordnungsgemäß in den Haltevorrichtungen. Nur ein schmaler Gang führte durch das Spalier der Skier hindurch. Michael ging die ganze Reihe ab, wobei er alle Skier an der linken Seite einzeln anfasste und genau untersuchte. Als er den Schuppen einmal durchschritten hatte, setzte er die Untersuchung auf der anderen Seite fort. Lennart hinter ihm führte eine zweite Kontrolle durch. Aber weder von Michaels noch von Lennarts Skiern war etwas zu sehen.

»Weg!«, stellte Michael fest.

»Wir fragen Frau Kick«, schlug Lennart vor. Vielleicht, so lautete seine Hoffnung, hatte die Lehrerin sie aus irgendeinem Grund doch woanders hingeräumt.

»Oder sie hat sie noch mal wachsen lassen«, konnte Michael sich vorstellen. »Und jetzt stehen sie noch in der Werkstatt.«

Das hielt auch Lennart für möglich. Wenngleich: »Dann hätte sie uns wenigstens etwas sagen können. Die Werkstatt öffnet erst um acht. Da hätten wir noch gut eine Stunde schlafen können.«

»Nun nörgle nicht herum wie Jabali«, mahnte Michael. Obwohl auch er es äußerst ärgerlich fand, an diesem schönen, sonnigen Morgen ohne Ski dazustehen.

Im selben Moment hatte er eine Idee: »Warum nehmen wir nicht einfach die Snowboards der Mädchen? Die schlafen doch bestimmt noch.«

Lennart schnippte mit den Fingern. »Super Idee.«

Die Snowboards allerdings wurden nicht im Schuppen aufbewahrt, sondern in einem extra Raum auf der Rückseite des Hotels. Zu dem hatten sie aber keinen Zugang, sondern nur die Mädchen und Frau Kick.

Trotzdem gingen Michael und Lennart dorthin. Vielleicht hatten sie Glück und irgendjemand war genau so früh wach wie sie.

Doch vor dem Snowboard-Raum trafen sie niemanden.

»Mist!«, ärgerte sich Michael. »Und nun?«

»Die Mädchen wecken?«, fragte Lennart.

Michael war unsicher. Er wusste, wie sauer Linh und Ilka werden konnten, wenn man zum falschen Zeitpunkt bei ihnen auftauchte. Außerdem, so glaubte er, wenn die Mädchen wach waren, dann würden sie auch mit ihren Snowboards fahren wollen, statt sie den Jungs zu leihen.

»Falsch gedacht!« Michael fasste sich an den Kopf. »Doch keine gute Idee! Woher nehmen wir die Boardboots?« Die Softbindungen brauchten für andere Schuhgrößen nicht unbedingt ummontiert zu werden. Aber für die beiden gab es keine Chance in die Boots der Mädchen zu passen, selbst wenn die bereit gewesen wären, sie ihnen zu leihen. Und die Ausgabestelle des Hotels öffnete erst nach dem Frühstück.

»Dann haben wir eben Pech gehabt«, stellte Lennart trocken fest. Er schaute auf die Uhr. Nur noch 15 Minuten bis zum Frühstück.

»Dann gehen wir eben erst mal was essen, fragen

Frau Kick, ob sie unsere Skier zum Wachsen gegeben hat und sehen dann weiter.«

Michael stimmte ihm zu. Eine andere Möglichkeit sah er auch nicht. Er hoffte nur, Frau Kick hatte die Skier wirklich in die Werkstatt gegeben. Nicht auszudenken, wenn sie verschwunden wären. Michael wusste nicht, ob die Skier bei einem Diebstahl versichert waren. Er wusste nur, neu kostete dieses Paar Jugendskier mindestens 100 Euro!

»Diebstahl?«, wiederholte Lennart. An diese Möglichkeit hatte er noch gar nicht gedacht. »Wer sollte denn die Skier stehlen?«

Zwar hatten alle Gäste, die sich Skier ausgeliehen hatten, durch ihre Plastikkarte auch Zugang zu dem Schuppen. Aber wer die Karte besaß, hatte umgekehrt eben auch schon Skier ausgeliehen. Wozu sollte er noch welche stehlen?

Auch die anderen konnten sich einen Diebstahl nur schlecht vorstellen, als Michael und Lennart beim Frühstück davon erzählten.

Um einen großen Tisch herum saßen die Fünf Asse mit ihrer Lehrerin Frau Kick. Auch Johannes, Shiva, Torben, Vanessa und Jessica waren dabei.

Frau Kick musste die Hoffnung der Jungs sofort zerschlagen. »Ich habe die Skier nicht angerührt. Wozu auch? Eure Skier liefen doch gut gestern, oder nicht?«

Michael und Lennart nickten.

»Na also. Weshalb hätte ich sie dann neu wachsen lassen sollen? Ihr wisst doch, dass nur das erste Wachsen gratis ist. Danach muss man es extra zahlen«, erinnerte sie Frau Kick.

»Wie alles hier«, bemerkte Jabali. »Ich bin noch nirgends gewesen, wo alles so teuer ist!«

Sofort stimmten die anderen ein.

»Ja«, fand auch Vanessa. »Jeder Pups kostet hier was! Nicht mal ein Rührei habe ich heute Morgen bekommen. Nur dieses Labber-Müsli!«

Alle am Tisch lachten.

Jessica schmeckte das Müsli köstlich. Allerdings hatte sie nur ein Mini-Portiönchen in ihrer Schüssel. Die hätte Vanessa gerade mal für die kleine Zahnlücke gereicht.

»Und fettarme Milch haben die auch nicht«, ärgerte sie sich.

»Jetzt macht aber mal einen Punkt«, ging Frau Kick dazwischen. »Ihr benehmt euch ja wie verwöhnte Popstars. Habt ihr zu Hause etwa ein so reichhaltiges Frühstücksbuffet wie hier?«

Das hatte natürlich niemand. Dennoch musste auch Frau Kick zugeben, dass selbst im Jugendhotel die Preise extrem hoch waren.

»Habt ihr wirklich richtig geguckt?«, kam Linh wieder auf die verschwundenen Skier zurück. Immerhin lagen eine ganze Menge Skier in dem Schuppen. Und wenn sie an die Ordnung der Jungs in deren Zimmer dachte, konnte sie sich gut vorstellen, dass Michael und Lennart einfach nur vergessen hatten, an welchem Platz sie ihre Skier abgestellt hatten.

»Quatsch!«, erwiderte Michael barsch. »Erstens haben wir alles abgesucht. Und zweitens weiß ich genau, wo ich meine Skier abgestellt habe.«

Trotzdem schlug Linh vor, nach dem Frühstück noch einmal nachzuschauen. Und da Michael und Lennart auch keine bessere Idee hatten, stimmten sie zu.

»Wir kommen auch mit«, entschied Jessica. Durch die Erzählungen der Jungs war sie unruhig geworden. Jessica hatte nämlich nicht wie die anderen Skier ausgeliehen, sondern eigene mitgebracht.

»Aus Angst, es könnte hier keine Skier in Rosa geben«, hatte Michael noch gelästert.

Doch Jessica fuhr regelmäßig mit ihren Eltern in den Skiurlaub. Da hatte sich die Anschaffung eigener Skier längst gelohnt. Wenngleich sie natürlich – da hatte Michael recht – weiß und rosa waren.

Aber ausgerechnet Jessica war noch gar nicht gefahren.

»Was ist denn eigentlich mit dem Willkommensfest?«, fragte Frau Kick. »Das hattest du doch gestern vorbereiten wollen?«

»Öh!«, entschuldigte sich Jessica. »Ja. Mache ich heute. Ich bin noch gar nicht dazu gekommen.«

Vanessa kicherte laut los. »Ich weiß auch warum!«

Jessica warf ihr einen bösen Blick zu. Vanessa begriff, dass sie jetzt etwas vorlaut ein Geheimnis preisgegeben hatte. Doch nun gab es kein Zurück mehr. Alle wollten natürlich wissen, um was für ein Geheimnis es sich handelte.

Mit einem entschuldigenden Blick zu Jessica musste Vanessa nun ausplaudern, dass Jessica schon bei der Ankunft einen netten Jungen aus Österreich kennengelernt hatte.

Das Gejohle war natürlich groß. Doch Jessica erstickte die Sprüche, die vor allem den Jungs auf den Lippen lagen, schon im Keim, indem sie einfach schnell ihre Karte vor das Schloss hielt, die Tür öffnete und fragte: »Und wo standen nun eure Skier?«

Lennart zeigte auf die Stelle, wo . . .

Er stutzte. Sein Arm blieb in der Luft hängen wie bei einer vergessenen Marionette. Seine Augen weiteten sich, sein Kinn klappte herunter und Lennart glotzte mit offenem Mund auf seine Skier!

»Da sind sie doch!«, stellte Jessica verwundert fest.

Auch Michaels Skier standen festgeschnallt genau an dem Ort, an dem er sie am Vorabend abgestellt hatte.

»Was macht ihr denn für ein Trara um nichts?«, fragte Ilka.

»Trara?«, fragte Michael. »Na hör mal. Wenn die Skier vorhin hier gewesen wären, hätten wir überhaupt kein Trara gemacht, sondern wären einfach die Piste hinuntergefahren. Deshalb waren wir ja so früh aufgestanden.«

»Aber die Skier sind da.« Linh zeigte noch mal mit dem Finger darauf.

»Ja.« Das konnte Michael nicht leugnen. Er sah sie ja selbst. »Aber vorhin waren sie nicht da. Wir sind doch nicht bescheuert!«

»Na, da bin ich mir aber nicht so sicher«, spottete Jessica.

Michael zog eine Grimasse. Auf solche Sprüche hatte er jetzt gerade gewartet.

»Vermutlich wart ihr noch zu müde und habt nicht richtig geguckt«, glaubte jetzt auch Frau Kick.

»Nein!«, wehrte Michael sich empört.

Und auch Lennart stimmte ihm zu. »Wir sind doch alle Skier durchgegangen. Jedes einzelne Paar«, versicherte er. »Unsere Skier waren weg. Ganz bestimmt.«

Aber niemand glaubte ihnen.

»Weshalb sollte denn jemand hierherkommen, eure Skier nehmen und sie später wieder zurückstellen?«, fragte sich Vanessa.

Linh konnte sich eine Antwort vorstellen. »Vielleicht hat sie jemand verwechselt?«

Eine gute Lösung, fanden auch die anderen. Jemand war gekommen, hatte sich zwei Paar Skier gegriffen in der Annahme, es wären seine, hatte dann den Irrtum bemerkt, sie zurückgebracht und die richtigen genommen.

»Genau!« Frau Kick überzeugte diese Möglichkeit sichtlich. »Na, dann, Kinder!«, rief sie in die Runde. »Vertrödeln wir nicht noch mehr Zeit und gehen raus in den Schnee. Es ist herrliches Wetter!«

»Na endlich!«

»Super!«, hallte es ihr von allen Seiten entgegen.

»Aber gleich zwei Paar verwechseln?«, überdachte Linh ihre Idee noch mal laut. »Das müsste schon ein großer Zufall sein!«

Plötzlich meldete sich auch Jabali zu Wort.

»Zufall? Meine Langlaufskier sind weg!«

Keine Detektivspielchen

Im Gegensatz zu den Skiern von Michael und Lennart tauchten Jabalis Langlaufskier nicht wieder auf. Nachdem sie noch einmal gründlich alles abgesucht hatten, fanden sich die Fünf Asse draußen vor dem Hotel zusammen mit Frau Kick ein.

Die anderen zogen sich in ihren Zimmern noch die Skikleidung an und wollten nachkommen.

Frau Kick fing aber schon an, Schlussfolgerungen aus der erfolglosen Suche zu ziehen: »Wir müssen sie wohl als gestohlen melden.«

Ilka legte ihre Hand tröstend auf Jabalis Schulter. »Dann müssen wir neue Skier mieten, sonst kann Jabali ja gar nicht mehr fahren.« Sie schaute auf die Uhr: »Bis zehn hat die Vermietung noch geöffnet. Dann erst wieder ab 15 Uhr.«

Betrübt schaute Jabali den ersten Langläufern hinterher, die sich nach links auf den Weg zu verschiedenen Loipen machten.

»Das Problem ist viel schlimmer«, prophezeite er. Sein Atem bildete weiße Wölkchen, als ob er während des Sprechens rauchte. »Denn wie soll ich denn nachweisen, dass die Skier gestohlen wurden?«

»Wieso?« Ilka verstand die Frage nicht. Sie hatte sich neben Linh auf das Holzgeländer gesetzt, das den Weg vom Hotel zu den Loipen auf dem Hochplateau markierte. »Was soll denn sonst mit deinen Skiern passiert sein?«

»Verloren«, antwortete Lennart ihr. Er hatte verstanden, worauf Jabali hinaus wollte. »Die Tür des Schuppens weist keinerlei Einbruchsspuren auf.«

»Natürlich nicht!«, entgegnete Ilka. »Alle Gäste, die Skier ausgeliehen haben, kommen mit ihrer Karte hinein. Sogar Gäste mit eigener Ausrüstung wie Jessica erhalten eine Karte zur Sicherung ihrer Sachen.«

»Pah! Von wegen Sicherung!«, raunzte Jabali seine Wut raus.

»Eben!«, folgerte Lennart weiter. »Möglicherweise hat einer der Gäste Jabalis Skier gestohlen, möglicherweise aber auch nicht.«

»Was soll das denn heißen?«, empörte sich Ilka.

»Aus Sicht der Vermieter könnte ich meine

Skier einfach nur verbummelt haben«, übernahm wieder Jabali das Wort.

Jetzt verstand auch Ilka das Problem: Wenn der Vermieter Jabali unterstellte, die Skier einfach nur verloren zu haben, musste Jabali die Skier ersetzen, denn dann würde keine Versicherung dafür aufkommen.

»Die kosten über hundert Euro!«, jammerte Jabali. »Wo soll ich die denn hernehmen?«

»Und vermutlich leiht dir dann der Vermieter auch kein zweites Paar«, trieb Michael das Problem noch auf die Spitze.

Frau Kick schaute ernst drein, kniff die Lippen zusammen und runzelte die Stirn. »Da ist was Wahres dran, Kinder. Aber melden müssen wir diesen Vorfall trotzdem!«

Linh, Ilka, Michael und Lennart nahmen ihre Skier aus den Halterungen und stapften nach draußen. Jabali schaute ihnen neidvoll hinterher.

»Und was machen wir nun?« Diese Frage kam von Linh. Doch ihr Tonfall zeigte für eine echte Frage viel zu viel Entschlossenheit. Ihre Freunde verstanden sofort, was Linh ihnen sagen wollte.

»Wir müssen aktiv werden«, brachte Lennart es auf den Punkt.

Auch Frau Kick ahnte, was die fünf vorhatten. Vorsichtshalber fragte sie nach.

»Na, ist doch völlig klar«, antwortete ihr Michael. Und streckte seine Hand aus, mit der Handfläche nach oben.

Die anderen vier schlugen ein.

»Wir fassen den Dieb!«, rief Michael.

Doch Frau Kick ging sofort dazwischen. »O nein. Das hatte ich mir schon gedacht. Schlagt euch das gleich wieder aus dem Kopf. Wir sind hier in den Ferien und nicht auf Verbrecherjagd!«

»Aber . . .«, wollte Michael einwenden.

Frau Kick unterbrach ihn scharf. »Nichts aber! Keine Alleingänge. Keine Detektivspielchen. Verstanden?«

»Verstanden!«, versprach Linh.

»Gut! Ich gehe und schaue, ob es für Jabali ein Paar neue Skier gibt!«, verkündete Frau Kick. »Ihr wartet hier, bis wir vollzählig sind und ich zurück bin. Dann beginnt unser Skikurs.«

Sie blickte auffordernd in die Runde. »Habe ich mich klar ausgedrückt?«

»Sehr klar!«, bestätigte ihr Linh.

Zufrieden stieg Frau Kick mit einem Klick in

ihre Skibindung. Mit ein paar perfekten Schwüngen verließ sie die Fünfergruppe und fuhr auf direktem Weg zum Skiverleih. Die lag direkt hinter dem modernen »Skihütterl« unten am Lift.

Kaum war sie aus dem Blickfeld der Kinder entschwunden, ging Michael auf Linh los: »Wieso hast du ihr versprochen, dass wir nichts unternehmen?«

»Hab ich nicht«, widersprach Linh.

»Doch, natürlich hast du das!«, behauptete Michael.

»Keine Alleingänge. Keine Detektivspielchen hat Frau Kick verlangt«, zitierte Linh die Lehrerin.

»Ja! Eben!«, bestätigte Michael aufgebracht.

»Ich habe nicht vor, die Sache *allein* zu verfolgen«, erklärte Linh ruhig. »Ich nehme an, ihr helft mir?«

Michael entspannte sich schon etwas.

»Und von Detektiv*spielchen* kann ja wohl keine Rede sein«, ergänzte Linh. »Ich finde die Sache außerordentlich ernst!«

Michael grinste. »So gesehen ...«

»... hast du recht«, stimmte Jabali zu.

»Sowieso«, lachte Linh ihre Freunde an. »Also, worauf warten wir?«

Die Fünf Asse sprangen auf. Da traten Vanessa und Jessica aus dem Haus.

»Wo wollt ihr hin?«, fragte Vanessa.

»Den Tag nutzen«, antwortete Linh. »Carpe diem!«

»Hä?«, fragte Michael. »War das schon wieder so ein japanischer Spruch?«

»Nö«, entgegnete Linh. »Das war Latein.«

»Das kenne ich auch«, freute sich Vanessa. »Aus Asterix!«

Jabali prustete los. Denn die dicke, kräftige Kugelstoßerin Vanessa und ihre zierliche Freundin, die Turnerin Jessica, erinnerten ihn oft an Asterix und Obelix.

»Was gibt's denn da zu lachen?«, wollte Vanessa wissen.

»Nichts«, wehrte Jabali schnell ab, drehte sich um und prustete noch mehr.

Zum Glück lenkte Jessica Vanessa ab, indem sie plötzlich laut losrief: »Philipp!«

Jessica sprang in die Luft, als hätte sie soeben einen Pokal gewonnen, und winkte wie auf einem voll besetzten Bahnsteig jemandem zu.

Die Köpfe der anderen sechs Kinder fuhren herum.

Ein athletischer strohblonder Junge blieb stehen und drehte sich zu ihnen um. Ein brei-

tes Lächeln ließ strahlend weiße Zähne aufblitzen, als er Jessica entdeckte. Gut gelaunt winkte er ihr zurück. Seine Skier lässig über die rechte Schulter gelegt, stapfte er durch den Schnee auf sie zu. In seinem eng anliegenden Langlauf-Rennanzug sah er aus, als sei er direkt einem Hochglanzprospekt für Skibekleidung entsprungen. So wirkte er jedenfalls auf Michael: wie ein Modell, das zwar gut aussah, in Wahrheit aber noch nie selbst Sport getrieben hat.

Jessica brauchte den Jungen gar nicht weiter vorstellen. Allen war klar, wer er war: der, in den sich Jessica verguckt hatte.

Mit einem strahlenden Lächeln lief Jessica auf ihn zu. Gefolgt von den gespannten Blicken ihrer Mitschüler.

Ilka rechnete fest damit, dass Jessica diesem Philipp jetzt an den Hals springen und ihn umarmen würde.

Linh fragte sich insgeheim, ob die beiden sich vielleicht sogar schon geküsst hatten.

Doch einen Meter vor Philipp bremste Jessica abrupt ab und reichte ihm nur brav die Hand, die er ebenso artig entgegennahm.

»Hi!«, stammelte Jessica schüchtern.

»Hi!«, antwortete Philipp ebenso knapp.

Michael rollte mit den Augen. Lennart schaute in den Himmel.

Und Vanessa stellte fest: »Ich glaube, auf Jessica brauchen wir nicht zu warten.«

Das sahen die anderen auch so. Es fehlten aber noch Shiva, Torben und Johannes. Ilka zwinkerte den anderen zu und schlug vor, ein paar Meter weiterzugehen.

»Wir wollen ja nicht stören«, grinste sie.

»Wo willst du denn hin?«, hörte Jabali Jessica noch fragen.

Und Philipp antwortete: »Na, wohin schon? Ski laufen. Ich mache einen Fünf-Kilometer-Langlauf. Der geht gleich los!«

Jabali wurde hellhörig. Genau an dem Lauf hatte er auch teilnehmen wollen. Aber im Moment besaß er keine Skier mehr. Er hoffte, dass Frau Kick bei dem Versuch, ihm neue zu besorgen, erfolgreich sein würde. Am tollsten wäre, wenn sie sogar die gleiche Marke wieder bekommen würde. Die Skier vom Vortag waren hervorragend gelaufen. Es war die gleiche Marke, die Philipp gerade auf seiner Schulter trug und die ...

Moment mal!, dachte Jabali. Diese Skier, die Philipp dort trug, das waren doch ...

»Jabali, wo bleibst du denn?«, rief Michael.

»Der starrt Jessica und Philipp an, als ob er noch nie ein Mädchen in der Nähe eines Jungen gesehen hätte«, kicherte Ilka.

»Kennst doch unseren schüchternen Jabali«, schmunzelte Lennart.

Aber Michael ließ nicht locker. »Jabali!«

»Moment!«, antwortete ihm Jabali, ohne seinen Blick von Philipp und Jessica abzuwenden. Langsam ging er auf die beiden zu.

Philipp sah ihn kommen. Jessica merkte, dass Philipp ihr nicht mehr richtig zuhörte, und drehte sich um.

»Was ist?«, fragte sie Jabali.

»'tschuldigung«, sagte Jabali höflich. »Darf ich mal deine Skier sehen?«

Philipp lächelte ihm zu. »Klar! Ich glaub, die sind sehr gut. Hat der Verleiher mir empfohlen. Ich will sie gleich mal beim Lauf ausprobieren.«

Er hob die Skier von seiner Schulter und reichte sie Jabali. Der nahm sie entgegen und untersuchte sie wie einen archäologischen Fund. Fast stieß er mit der Nase an die Skier.

»Nicht reinbeißen!«, flachste Jessica.

»Stimmt«, sagte Jabali. »Die sind sehr gut.«

»Ja?« Philipp freute sich über Jabalis Urteil. »Hast du die Gleichen?«

»Nein!«, entgegnete Jabali. »Ich hatte dieselben.«

»Was?« Philipp verstand den Unterschied nicht.

»Was macht der denn da?« Michael hatte die drei nicht aus den Augen gelassen. Er drehte sich zu Jabali und war neugierig zu erfahren, was er mit dem Blonden zu bereden hatte. Frau Kick würde noch eine ganze Weile brauchen. Da blieben Ilka, Linh und Lennart natürlich nicht zurück.

»Och nö!«, jammerte Vanessa. »Was ist denn jetzt?«

Vanessa ging nur ungern einen Schritt zu viel. Sie blieb einfach stehen und wartete. Gleich würden die anderen ja wieder zurückkommen. Und von hier aus konnte sie auch alles beobachten.

»Was ist?«, fragte Michael, als er bei Jabali angekommen war.

»Das sind *meine* Skier!«, behauptete Jabali und zeigte sie Michael.

»Wie: deine Skier?«, wunderte sich Philipp. »Wie kommst du denn da drauf?«

Jabali zeigte ihm eine kleine Stelle am rechten Ski.

»Weil diese kleine Kerbe ja wohl nicht jeder Ski aufweist, oder?«, gab Jabali gereizt zurück. »Die war mir gleich aufgefallen. Das heißt, dies ist genau der Ski, den ich gestern gefahren habe.«

»Du hast die Skier gestohlen?« Michael stellte weniger eine Frage, als dass er es Philipp vorwarf.

Philipp wehrte sofort ab: »Quatsch. Diese Skier habe ich mir heute gerade eben ausgeliehen. Das ist keine halbe Stunde her!«

Zum Beweis öffnete er eine kleine Reißverschlusstasche, pulte einen Zettel hervor und reichte ihn Jabali. »Siehst du?«, erklärte er. »Das ist der Ausleihzettel.«

Jabali warf einen Blick darauf und musste eingestehen: »Er sagt die Wahrheit. Ausgeliehen um 8 Uhr 40. Direkt nach Öffnung des Skiverleihs.«

Leider war auf den Skiern keine spezielle Nummer, nur der Name des Verleihs. Zufrieden steckte Philipp seinen Zettel wieder ein.

»Das ist ja verrückt«, warf Linh ein. »Wie kommen denn Jabalis Langlaufskier wieder in den Verleih?«

»Vermutlich hat jemand versehentlich Jabalis Skier zurückgegeben statt seine eigenen«, mutmaßte Michael.

Linh ließ ihren Zeigefinger verneinend hin- und herwandern wie das Pendel einer Uhr. »Das kann ich mir überhaupt nicht vorstellen.«

»Wieso nicht?«, wollte Lennart wissen.

»Ganz einfach«, erläuterte Linh. »Die Verleihstation öffnet um 8 Uhr 30. Wenn Philipp schon zehn Minuten später seine Skier ausgeliehen hat, müssten sie ja unmittelbar vorher abgegeben worden sein. Das heißt, du müsstest denjenigen noch gesehen haben, der die Skier abgegeben hat.«

Doch das konnte Philipp beschwören: Obwohl er bereits um Viertel nach acht beim Skiverleih gewesen war, war er als Vierter an der Reihe gewesen. Keiner der drei vor ihm hatte Skier *abgegeben*. Alle hatten Skier *ausgeliehen*. Das wusste Philipp genau. Er hatte nämlich noch überlegt, ob die Leute, die sich nicht so früh wie er aufmachten, noch die Skier bekommen würden, die sie sich wünschten.

Ratlos standen die Fünf Asse, Jessica und Philipp da. Wenn sie alle Fakten zusammentrugen, ließ dies nur eine Schlussfolgerung zu. Eine, die zwar logisch erschien, sich aber unglaublich anhörte.

Ilka wagte es, das Unglaubliche laut auszusprechen: »Ich sehe nur eine Möglichkeit: Jemand vom Verleih muss Jabalis Skier gestohlen haben!«

»Moment mal, Moment mal!« Lennart kam da nicht ganz mit. »Warum sollte jemand vom Verleih seine eigenen Skier stehlen?«

Der Grund lag auf der Hand, fand Ilka: »Um sie noch mal zu verleihen!«

»Das wäre ja ein Ding!« Michael spuckte auf den Boden.

Linh glaubte es noch immer nicht. »Der Verleiher verleiht Ski, klaut sie nachts zurück, verleiht sie noch mal und verlangt vom ersten Verleiher womöglich noch, die Skier zu ersetzen?« Nein, so viel Dreistigkeit überstieg ihr Vorstellungsvermögen. Und vor allem, so viel Dummheit: »So etwas fliegt doch sofort auf!«

»Wenn Jabali nicht die kleine Kerbe bemerkt hätte, wäre es ihm auch nie aufgefallen, dass Philipp genau seine Skier ausgeliehen hat«, widersprach ihr Ilka.

»Aber was sollen wir denn jetzt machen? Wir können überhaupt nicht beweisen, dass Jabali genau diese Skier gestern angehabt hatte. Niemand außer ihm hat gestern die Kerbe gesehen.«

Die anderen stimmten zu. Erst jetzt wurde ihnen

die Unverfrorenheit der Tat in ihrer ganzen Tragweite bewusst: Direkt vor ihrer Nase wurden sie bestohlen und betrogen. Und sie konnten nichts dagegen tun. Denn wer machte von seinen ausgeliehenen Skiern schon Beweisfotos?

»Das ist so dreist! Ich bin sicher, der hat das nicht zum ersten Mal gemacht – und wird es auch wieder tun. Genau darin liegt vielleicht unsere Chance«, überlegte Jabali.

Die anderen verstanden, was er damit sagen wollte: Das nächste Mal mussten sie den Verleiher auf frischer Tat ertappen.

In dem Augenblick kam Frau Kick an. Sie hatte den Lift genommen und war mit den Skiern auf der Schulter den Hang heruntergefahren. Für ein ehemaliges Nationalmannschaftsmitglied war das natürlich eine leichte Übung.

»Wow!«, rief Linh anerkennend. »Toll!«

»Hier, zum Glück gab es noch ein Paar für dich!« Mit einem eleganten Schwung nahm sie die Skier von der Schulter und überreichte sie Jabali.

Jabali strahlte und bedankte sich bei der Lehrerin für ihre Hilfe. Doch Frau Kick trübte die Freude gleich ein wenig, als sie ergänzte,

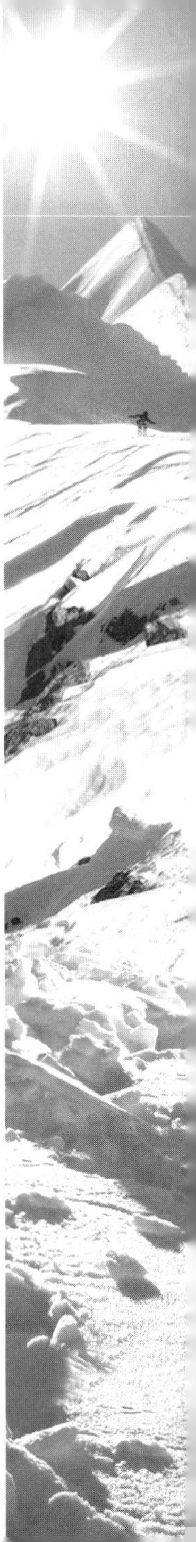

dass sie die Skier erneut mieten musste. »Und außerdem müssen wir bis zum Ende unserer Ferien die alten Skier finden, sonst musst du sie in der Tat ersetzen.«

»Wir haben sie schon gefunden«, antwortete Jabali und erklärte Frau Kick, was sie inzwischen herausgefunden hatten.

Frau Kick schüttelte ungläubig den Kopf, nachdem sie sich die Geschichte angehört hatte. »Im Verleih arbeitet ein netter älterer Herr«, widersprach sie dem Verdacht der Kinder. »Ich kann mir nicht vorstellen, dass der nachts losgeht und seine eigenen Skier stiehlt.«

In diesem Punkt mussten Jabali und die anderen der Lehrerin recht geben. Auch sie hatten den freundlichen Mann bei der Ausleihe kennengelernt. Niemand von ihnen konnte sich den als Dieb vorstellen. Und trotzdem: Eigentlich gab es – logisch gesehen – keine andere Möglichkeit.

Frau Kicks Zweifel übertrugen sich dennoch schnell auf die ganze Gruppe.

»Möglicherweise müssen wir doch noch genauer nachforschen«, überlegte Ilka laut, ohne zu bemerken, dass sie sich damit soeben selbst verraten hatte.

Frau Kick wurde sofort hellhörig. »Hatten wir uns

nicht darauf geeinigt, dass ihr die Finger von der Sache lasst?«

Ilka lief rot an und versuchte schnell, sich herauszureden. Zum Glück wurde das Gespräch dadurch unterbrochen, dass zufällig der jugendliche Skilehrer Franzl an der Gruppe vorbeifuhr und Philipp ihn kurz mit einem Kopfnicken grüßte.

»Den kennst du?«, fragte Michael verblüfft. »Das ist ein totaler Hohlkopf!«

Philipp zuckte kurz mit den Schultern. »Kann ich nicht beurteilen. Ich hab ihn erst heute Morgen im Verleih kennengelernt.«

»Im Skiverleih? Als Skilehrer leiht der sich Skier, statt die eigenen zu benutzen?«, staunte Ilka.

Doch die Frage wunderte wiederum Philipp. »Wieso denn Skilehrer? Der hat mir die Skier ausgeliehen.«

Wie elektrisiert starrten die Fünf Asse sich untereinander an. Michael wollte gerade etwas sagen. Ein dumpfer Stoß in seine Seite ließ ihn verstummen. Ilka hatte ihn geknufft und warf ihm einen bedeutungsvollen Blick zu.

Michael begriff sofort. Er sollte besser schweigen, solange Frau Kick in der Nähe war.

Sie hatten ja gerade eben erlebt, was sie von weiteren, eigenen Ermittlungen hielt.

»Also, was ist jetzt Kinder? Beginnen wir mit unserem Kurs oder wollen wir hier den ganzen Tag vertrödeln?«

Das wollte natürlich niemand. Obwohl allen jetzt mehr danach gewesen wäre, weitere Nachforschungen anzustellen, statt zu trainieren. Doch mit stummen Blicken einigten sie sich schnell untereinander, Frau Kick keinen weiteren Anlass zu irgendwelchen Standpauken zu liefern.

»Machst du mit?«, fragte Linh Philipp und erntete dafür einen dankbaren Blick von Jessica. Natürlich hätte sie nichts lieber getan, als jetzt gemeinsam mit Philipp zu trainieren. Doch zu ihrem Bedauern sagte Philipp dankend ab.

»Ich will den Langlauf mitmachen«, erinnerte er die anderen.

In Jessicas Gesicht zeigte sich deutlich die Enttäuschung. Jabali hingegen freute sich. »Super. Ich auch. Gehen wir zusammen. Jetzt, mit den neuen Skiern kann ich ja doch mitmachen.«

Philipp und Jabali verabschiedeten sich. Sie mussten sich beeilen, um rechtzeitig beim Treffpunkt für den gemeinsamen 5-km-Langlauf anzukommen.

Jessica blieb etwas betrübt zurück.

Auch Michael schüttelte nur verständnislos den Kopf: Als ob Jabali sich überhaupt nicht mehr für die gestohlenen Skier interessieren würde. Für ihn war die Sache allerdings noch keineswegs erledigt. Er nahm sich vor, diesen Franzl genauer ins Visier zu nehmen.

Weitere Vorfälle

Unmittelbar nach dem Training mit Frau Kick setzten sich Michael, Lennart, Linh und Ilka draußen auf die Terrasse der Skihütte. Sie hatten ihre Skier beiseitegestellt, behielten sie aber gut im Auge und tranken jeder einen heißen Kakao. Ein Getränk wollten sie sich trotz der horrenden Preise gönnen.

»Was Warmes braucht der Mensch«, sagte Lennart, kuschelte sich an Linh und schaute glücklich in den blauen Himmel.

»Wer hat das eigentlich mal gesagt?«, wollte Linh wissen und rückte ein bisschen von Lennart weg. Aber dabei stieß sie Michael an, der sich auch neben Linh gesetzt hatte.

»Der Spruch könnte von Jabali sein!«, grinste er Linh an.

Weil so schönes Wetter war, wollten sie gleich noch mal auf eigene Faust die Abfahrt hinunterfahren, vorher aber endlich in Ruhe über ihren Verdacht sprechen. Frau Kick war noch mit Shiva, Torben, Johannes, Jessica und Vanessa unterwegs.

»Diesem Franzl traue ich alles zu«, eröffnete Michael das Gespräch. »Wenn der selbst im Verleih arbeitet, hat er natürlich die besten Chancen, die Skier zu stehlen und wieder auszuleihen.«

»Stimmt«, gab Linh ihm recht. »Aber das ergibt nur Sinn, wenn die anderen dort gemeinsame Sache mit ihm machen. Denn das ergaunerte Geld geht ja in die Ladenkasse.«

Also doch der nette, alte Mann? Schwer vorstellbar.

»Bisher ist es aber nur ein Einzelfall«, warf Ilka ein. »Und wenn nicht vorher schon einiges passiert ist, oder noch etwas passieren wird, ist unser Verdacht nur graue Theorie.«

Auch Ilkas Einwurf stimmte zwar, dennoch nahm sich Michael vor, Franzl nicht mehr aus den Augen zu lassen.

Er stand auf, schützte seine Augen mit der Hand vor der grellen Sonne, und schaute über die weite Schneelandschaft, als könnte er in diesem Moment irgendwo den Täter auf frischer Tat ertappen, wenn er nur intensiv genug hinguckte.

Statt Franzl sah er eine Familie mit zwei kleineren Kindern, die aufgeregt irgendetwas diskutierten. Die Eltern schienen zu streiten, während der Junge, der nach Michaels Schätzung etwa neun Jahre alt war, sich zu langweilen begann. Er stand auf Skiern herum und piekste lustlos mit den Stöcken Löcher in den Schnee. Seine kleine Schwester stand daneben und weinte.

»Hast du etwas entdeckt?«, fragte Lennart, weil Michael seinen Blick gar nicht mehr von der Familie abwandte.

»Nein«, antwortete Michael. Er wollte sich eigentlich wieder setzen, aber aus irgendeinem Grund blieb sein Blick an der Familie haften. Warum, so fragte er sich, kümmerten sich die Eltern nicht um das weinende Mädchen und stritten sich?

Plötzlich kam Bewegung in die Familie. Der Vater stapfte sichtlich verärgert auf die Skihütte zu, auf deren Terrasse die Fünf Asse gerade saßen. Die Mutter nahm die Kinder an die Hand und stiefelte langsam hinterher. Der Junge hatte Schwierigkeiten, mit seinen Skiern an den Füßen das Tempo zu halten. Mehrfach stolperte er.

Deshalb rief die Mutter dem Vater zu, er solle warten. Der Vater blieb stehen, drehte sich um und rief ihr zu: »Wartet doch hier. Ich gehe nur schnell hinein und frage, wo die nächste Polizeistation ist.«

Michael horchte auf. Dann wandte er sich an seine Freunde: »Habt ihr das auch gehört?«

Die anderen nickten und standen nun ebenfalls auf. Es war ja nicht zu überhören gewesen. Der Mann suchte die Polizei. Weshalb?

Während der Mann ins Haus hineinging, lief Linh zu der Mutter und fragte sie einfach. Schon nach einer Minute war sie zurück: »Der Schlitten des Mädchens wurde gestohlen! Die Eltern haben sich kurz gestritten, weil der Vater meinte, die Mutter hätte besser auf den Schlitten aufpassen sollen. Jedenfalls hatten sie den Schlitten nur einen Moment aus den Augen gelassen. Und schon war er weg.«

»Und?«, fragte Lennart.

Linh wusste, worauf Lennart hinauswollte und nickte ihm zu. »Der Schlitten war ausgeliehen.«

Mit anderen Worten: Sie hatten nun schon den zweiten Fall!

»Wann ist das passiert?«, fragte Michael. Seine Augen leuchteten wie die einer Raubkatze, die soeben ein Beuteopfer erspäht hatte. Hellwach, konzentriert, lauernd.

»Gerade eben«, berichtete Linh.

»Komm!« Michael stieß Lennart an.

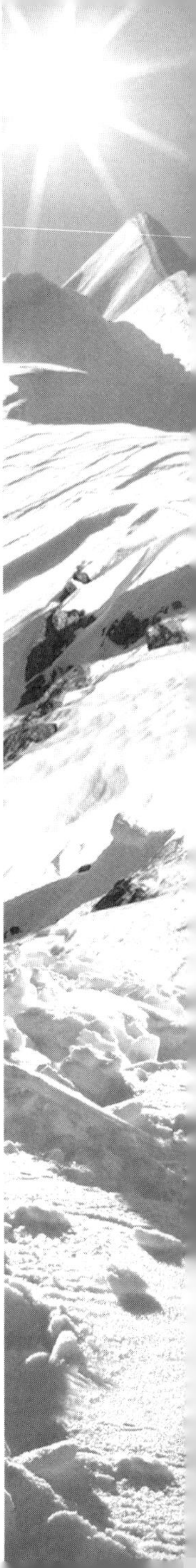

»Wo willst du hin?«, fragte Ilka

»Zum Verleih!«, antwortete Michael. »Möglicherweise wird der Schlitten dort gerade für den nächsten Verleih aufgestellt.«

Ohne weitere Fragen oder Kommentare abzuwarten, düste Michael schon los. Lennart folgte ihm.

Ilka und Linh sahen ihnen hinterher.

»Der weiß doch gar nicht, wie der Schlitten aussieht«, bemerkte Linh.

»Das wird er merken, wenn er dort ist«, schmunzelte Ilka. »Das ist eben typisch Michael.«

»Stattdessen lassen sie hier ihre Skier unbeaufsichtigt stehen und werden selbst das nächste Diebstahlopfer, wenn wir nicht aufpassen«, ergänzte Linh.

Wie aufs Stichwort kehrte der Vater aus der Hütte zurück und rief seiner Frau zu.

»Stell dir vor, da ist heute Morgen schon mal etwas gestohlen worden!«

Der redet von uns, dachte Ilka gerade, als sie das hörte. Doch da fuhr der Mann fort: »Ein Snowboard, direkt aus dem Zimmer!«

Ilka merkte auf. Das hatte nichts mit Jabalis Langlaufskiern zu tun. Mit anderen Worten: der dritte Fall. Ganz offenbar schlugen die Täter serienmäßig zu.

Ilka wurde immer unsicherer, was ihre Theorie anging. Wenn der Verleih in so großem Stil seine Kunden betrog, das flog doch auf! Je mehr Ilka darüber nachdachte, desto unsicherer wurde sie. Ganz augenscheinlich steckte doch nicht Franzl hinter den Diebstählen, sondern irgendjemand anderes. Möglicherweise gar eine professionelle Diebesbande.

Unwillkürlich griff Ilka in die Seitentasche ihrer Skijacke, um zu prüfen, ob sich ihr Geldbeutel noch darin befand. Er war noch da! Aber bisher hatten die Diebe es offenbar auch nicht auf Bargeld oder Geldbeutel abgesehen, sondern nur auf Skiausrüstungen.

Als Michael und Lennart zurückkehrten, bestätigten sich für Ilka ihre Zweifel. Die beiden hatten Franzl an der Verleihstation gesehen. Allein. Der Alte hatte unten im Tal Besorgungen zu machen, hieß es und war schon seit zwei Stunden fort. Wenn das stimmte, konnte Franzl den Schlitten nicht gestohlen haben.

Michael blieb dennoch misstrauisch, ebenso wie die anderen.

»Wie auch immer«, schloss Lennart die Spekulationen ab. »Ich will hier nicht festfrieren. Jabali, der fährt schon lange. Und obwohl es

um seine Skier geht, hängen wir hier immer noch blöd herum und reden uns die Köpfe duselig.«

»Ein wahres Wort«, pflichtete Ilka ihm bei. »Also los, lasst uns endlich noch einmal fahren.«

»Wartest du auf mich, Ilka? Ich hole schnell die Snowboards aus unserem Hotel und dann zeigst du mir noch die versprochenen zwei Figuren, ja?«, fragte Lennart.

»Na, wenn das so ist!« Ilka setzte sich wieder hin. Es kam selten vor, dass Ilka Lennart was zeigen konnte. »Dann bleibe ich einfach noch hier, bis du zurück bist.« Sie rieb ihre Nase bereits zum fünften Mal dick mit einer weißen Creme ein und streckte sie dabei in die Sonne.

»Meine Creme brauche ich nicht so verschwenderisch aufzutragen. Die kann ich sehr sparsam einsetzen und ...«, Linh hob einen Zeigefinger in die Luft und grinste, »... alle drei Stunden genügt vollkommen.«

Ob sie doch mal auf Linhs Creme umsteigen sollte?, überlegte Ilka.

Lennart hatte sich beeilt, sodass ihm Ilka schon eine halbe Stunde später die erste Figur vorführen konnte.

»Die Quallenpirouette«, kündigte sie an und grinste.

»Hä? Wie bitte? Was?«, fragte Lennart, während er Ilkas Bewegungen ganz genau beobachtete.

»Körpergewicht nach hinten links verlagern!«, rief Ilka ihm zu. »Tief in die Knie, ruckartig von hinten nach vorne und unten nach oben und mit ausgestreckten Armen eine Pirouette in der Luft machen!« Ilka führte ihre Ansagen präzise vor und landete nach einer ganzen Körperdrehung sicher. »Das ist die Quallenpirouette!«

Lennart war wirklich beeindruckt. Ilka hatte augenscheinlich ein riesiges Talent. Er wusste, dass sie schon, kaum dass sie laufen konnte, damals in Australien, mit der ganzen Familie Wasserski gefahren war. Darum fragte er jetzt auch noch mal nach: »Diese Bezeichnung, Quallenpirouette, ist doch deine Erfindung, oder?«

Ilka grinste nur verschmitzt. »Na los! Mach nach!«

Lennart lehnte sich nach hinten links, ging in die Knie.

»Tiefer beugen!«, rief Ilka. »Sonst funktioniert das nicht!«

Lennart fasste sich ein Herz und befolgte

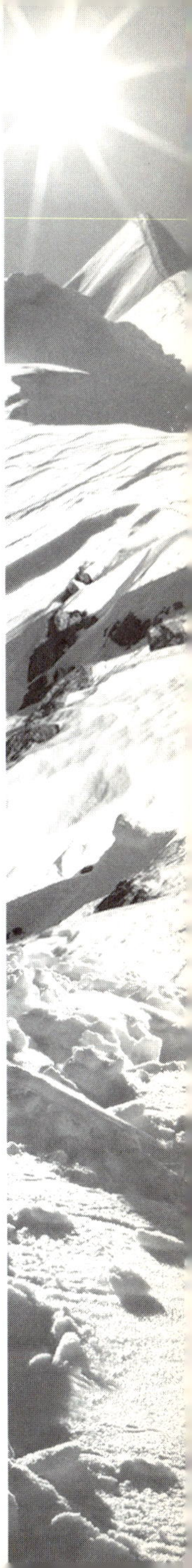

ihre Anweisung. Dann erhob er sich ruckartig von unten nach oben und drehte sich mit ausgebreiteten Armen. Aber Lennart landete mit seiner Pirouette direkt auf dem Po.

»Das war doch gar nicht so schlecht!«, behauptete Ilka.

Lennart hockte am Boden und starrte sie verdutzt an. Das war typisch Ilka! Lennart zog sich zwar blaue Flecken zu, aber Ilka lobte ihn.

»Du musst nur viel mehr Schwung holen mit den Armen und dann mit dem Körper gleichzeitig von unten nach oben!«

Ganz so schwer hatte Lennart sich diese Figur nicht vorgestellt. Aber Ilka hatte recht. Als Lennart ihren Rat beherzigte, gelang ihm eine sichere Landung auf beiden Beinen. Beim fünften Versuch! Nachdem er sich fast ganz um sich selbst gedreht hatte, lachte Lennart stolz. Jetzt hatte er ein Gefühl für den Dreh. Fehlte nur noch ein bisschen Übung.

»Super!« Ilka klatschte Applaus, was mit den Handschuhen allerdings nur ein dumpfes Klopfen wurde.

»Und jetzt den Delphinsalto?«, grinste sie ihn an.

»Den kannst du alleine machen, Wasserratte! Oder mit Michael! Ich versuch mich noch im Slalom und fahr rüber zu Linh und Frau Kick.«

Ilka winkte Michael zu sich, der gerade an den beiden vorbeigefahren kam. »Nimmst du mich mit?«

»Klar!«, antwortete Michael. »Ich schalte einfach zwei Gänge runter!«

Dankbar für dieses Angebot schloss sich Ilka Michael an. Ganz allein wollte sie doch nicht im Wirrwarr der vielen fremden Fahrer bleiben.

»Bis spääääáter«, hörte sie Lennart nur noch rufen, der schon vorsichtig die Piste kreuzte und in dem Tunnel verschwand, durch den man unter dem Lift hindurch bequem und sicher auf die andere Seite gelangte.

Währenddessen fixierte Linh die Stangen, die vor ihr lagen. Rote und blaue im Wechsel. Sie wusste, dass die Farbfolge helfen sollte zu erkennen, in welcher Reihenfolge die Stangen umfahren werden mussten. Von oben aus wirkten sie jedoch wie ein wilder Dschungel, ohne sinnvolle Reihenfolge. Ein Schild am Pistenrand wies ausdrücklich darauf hin, dass dieser Bereich dem Slalom vorbehalten war. Genau hier war Linh richtig. Und weil Frau Kicks Vorliebe dem Slalom galt, hatte sie sich auch

ausdrücklich fürs Extratraining mit den Stangen zur Verfügung gestellt. »Slalom ist wie Tanzen!«, sagte sie.

Linh gab sich alle Mühe, sich Frau Kick tanzend vorzustellen. »Das Körpergewicht weich von einem Ski auf den anderen wechseln, den Körper wendig von links nach rechts bewegen!«, rief Frau Kick Linh zu.

Weich und wendig! Das waren ihre Schlagworte. Die Geschmeidigkeit, mit der sie die Stangen umfuhr, erinnerte sie an ihren Lieblingssport Judo. Wenn auch nicht unter blauem Himmel bei Sonnenschein, sondern bei stickiger Hallenluft und Neonlicht, versuchte sie im Training mit der gleichen Wendigkeit die Angriffe ihrer Gegnerinnen abzuwehren und zum eigenen Vorteil zu nutzen.

»Gut so! Weiter unten findest du noch einen Parcours! Ich mach Schluss für heute.«

Linh genoss die Geschwindigkeit, mit der sie über den Schnee hinwegglitt, die rasanten Kurven, wenn sie auf den Kanten durch die Slalomstangen fuhr.

Sie ging jetzt ein höheres Risiko ein als eben beim Training, war sich der Gefahr bewusst, dass sie in eine der Stangen einfädeln konnte, aber sie konzentrierte sich aufs Äußerste, um diesen Fehler zu vermeiden und so die optimale Route zu fahren, die ihr noch mehr Tempo brachte.

Lennart hatte inzwischen ebenfalls den unteren Slalomparcours erreicht und folgte Linh durch die Stangen. Er versuchte den Abstand zu ihr zu verringern, was ihm aber nicht gelang. Linh machte riesige Fortschritte und fuhr den Slalom fast federleicht und elastisch im ganzen Körper. Linhs Tempo konnte Lennart auf seinem Snowboard nicht mithalten. Linh hatte jetzt ohnehin keine Augen für ihn. Sie verbot sich, weiter mit ihren Gedanken abzuschweifen, musste sich konzentrieren, damit …

Etwas Dunkles von rechts.

Schnell. Zu schnell.

Ein Schrei.

Linh legte die Skier quer, bremste scharf. Der Schnee vor ihr spritzte auf wie von einem Schneepflug hochgeschleudert.

Linh hörte ihren Namen rufen.

Dann ein Schlag.

Am Kopf.

Schwarz.

»Linh!« Entsetzen lag in Lennarts Schrei. Verzweiflung.

Auch er hatte den fremden Skifahrer zu spät gesehen, der aus dem Nichts von rechts angeschossen war. Er hatte noch gerufen. Reflexartig hatte Linh gebremst. Doch seine Warnung war zu spät gekommen. Der fremde Skifahrer hatte Linh gestreift. Irgendetwas traf Linh am Kopf. Sie ging trotz ihres Helmes sofort zu Boden, während der Skifahrer in teuflischer Geschwindigkeit davonraste und so schnell aus Lennarts Blickwinkel wieder verschwand wie er aufgetaucht war.

Ilka und Michael hatten Lennart und Linh aus der Ferne bei ihrer Fahrt durch den Parcours beobachtet, aber nicht genau erkannt, was dort vorgefallen war.

Ilka fiel auf, dass Lennart wild mit den Armen in der Luft rumfuchtelte und etwas schrie. Als sie glaubte, ihren Namen zu hören, horchte sie auf und beschloss nachzuschauen, was dort los war. Schon von Weitem sah sie Linh im Schnee liegen. Und etwas näher erkannte sie, dass Linh sich nicht bewegte.

Lennart war aus der Bindung des Snowboards gesprungen und kniete sich über Linh. Er wusste nicht, was er tun konnte. Tun sollte. Tun durfte.

Er sah nur, dass Linh sich nicht rührte.

Verzweifelt hob er den Kopf, schaute sich hektisch um, suchte nach Ilka, sah sie bereits heranlaufen, was ihn für den Bruchteil einer Sekunde erleichterte. Heftig winkte er ihr zu und rief. »Hierher! Hier!«

Ilka hatte ihr Board abgeschnallt, es einfach im Schnee liegen lassen und stapfte die Piste hinauf. Das ging am schnellsten, wenn es ihr auch so vorkam, als näherte sie sich Linh nur im Zeitlupentempo. Jeder Schritt fiel ihr schwer. Sie rutschte immer wieder aus oder hinterließ tiefe Löcher an den Stellen, wo die Schneedecke nicht festgefahren war.

»Schnell!«, drängte Lennart.

»Einen Arzt!«, rief Ilka ihm schon von Weitem zu, ohne dass sie auch nur einen Blick auf Linh hätte werfen können. »Ruf einen Arzt.«

Lennart kramte nach seinem Handy. Nicht so einfach. Im entscheidenden Moment entpuppte sich selbst die beste Skikleidung als zu umständlich, um schnell handeln zu können. Lennart zog an seinen Handschuhen. Weil die Hände aber verschwitzt waren, klebten sie am Stoff. Endlich hatte er wenigstens seine linke Hand befreit und zubbelte an dem Reißverschluss der linken Tasche – der natürlich genau in diesem Moment hakte. Als er endlich

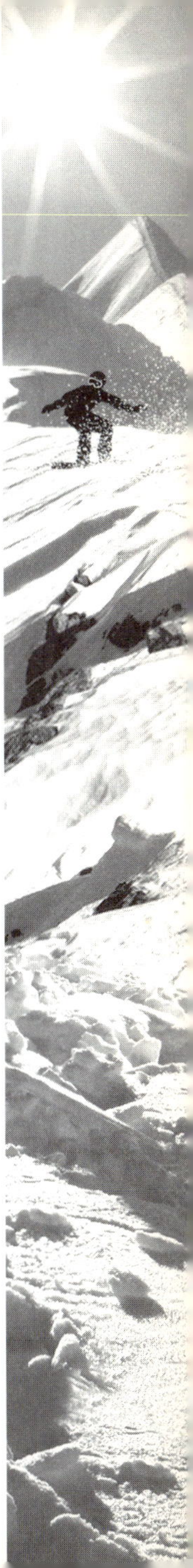

beide Hände frei hatte, um mit der einen den Stoff zu straffen und mit der anderen den Reißverschluss zu öffnen, um das Handy herauszufischen, war Ilka schon zur Stelle.

Ihre Kenntnisse als Rettungsschwimmerin halfen ihr hier auf der Piste nicht weiter. Aber eines stand fest: Ohne Arzt lief hier gar nichts!

Sie schob Lennart beiseite.

»Mann, ruf doch endlich einen Arzt!«, drängte sie.

»Mach ich doch!«, versicherte Lennart.

Michael stand nun ebenfalls bei ihnen und besah sich die bewusstlose Linh.

»Linh! Hörst du mich? Kannst du mich verstehen?«

Linh reagierte nicht.

»Deine Jacke Michael! Leg sie auf Linh!«, befahl Ilka mehr, als dass sie darum bat. Sie griff in den Schnee und rieb ihn Linh ins Gesicht, vor allem aber auf die Stirn. Dabei sprach sie betont langsam und deutlich weiter.

»Ganz ruhig bleiben, Linh! Der Arzt ist unterwegs. Hörst du mich?« Sie traute sich nicht, ihr in den Nacken zu greifen, aus Angst, Linh könnte Kopfverletzungen davongetragen haben.

Aber durch die Kälte des Schnees kam Linh langsam wieder zu sich.

Lennart hatte inzwischen die Notrufnummer der

Bergwacht in seinem Telefonspeicher gewählt, die Frau Kick ihnen am ersten Abend der Reise gegeben hatte.

»Hallo?«, rief Lennart in den Hörer, als sich am anderen Ende jemand meldete. »Kommen Sie schnell! Ein Unfall! ... Wo?... Na hier!« Lennart winkte, als ob bereits ein Hubschrauber über ihnen kreiste. Dann fiel ihm ein, dass er es erklären musste. »An der Piste ... äh ... der Hang zwischen den beiden Liften ... ja, von der Hütte ... ja, am Jugendhotel sind wir losgefahren ... zweiter Parcours ... kurz darunter ... Beinbruch ...? Weiß ich nicht.« Er warf Ilka einen fragenden Blick zu.

Ilka schüttelte den Kopf.

»Nein, nicht das Bein«, präzisierte Lennart. »Der Kopf. Ein Zusammenprall! Was fragen Sie denn so viel? Wir brauchen Hilfe!«

Doch noch während Lennart mit der Bergwacht sprach, hörte er schon einen Motor.

Und im nächsten Moment rief Michael: »Da. Ein Fahrzeug von der Pistenrettung!«

Wenige Sekunden später hielt es direkt neben Linh. Ein Arzt in einer orangeroten Winterjacke sprang vom Fahrzeug, kniete sich neben Linh und begann sie zu untersuchen.

»Muss sie nicht mit einem Hubschrauber ins Krankenhaus?«, fragte Michael leise.

Lennart zuckte mit den Schultern. Er wusste es nicht.

Er schaute noch mal in die Richtung, aus der der Skifahrer vorhin gekommen war. Und entdeckte, dass dort ein schmaler Ziehweg aus dem Wald auf die Piste führte. Aber statt kurz anzuhalten und erst die Lage zu checken, war der Unbekannte ungebremst auf die Piste geschossen, hatte Linh gestreift und war einfach weitergefahren. Lennart versuchte sich zu erinnern, in welche Richtung der Unbekannte verschwunden war. Vergeblich. Er hatte in diesem Moment nur Linh im Sinn gehabt.

Einen Augenblick später konnte der Arzt Entwarnung geben.

»Der Helm hat sie gerettet. Sie wird vermutlich eine dicke Beule bekommen. Vielleicht hat sie auch eine leichte Gehirnerschütterung. Aber mehr ist zum Glück nicht passiert.«

Lennart, Ilka und Michael atmeten auf.

»Wir müssen sie trotzdem erst mal mitnehmen. Zur Sicherheit.« Er gab Michael die Jacke zurück und legte eine Decke um Linh. »Wir machen im Krankenhaus ein paar Untersuchungen. Morgen ist sie wieder bei euch. Spätestens. Aber meinem Kollegen müsst ihr noch genau erzählen, was passiert ist.«

Jetzt erst bemerkte Ilka, dass da noch ein Mann von der Bergwacht stand. Auf einem Klemmbrett hatte er ein Formular befestigt, bereit, ein Protokoll aufzunehmen.

Der Verdacht

Lennart hatte dem Mann von der Bergwacht so detailliert wie möglich geschildert, was er gesehen hatte. Allerdings auch schnell festgestellt, wie wenig er zu Protokoll geben konnte, obwohl sich doch der ganze Unfall direkt vor seinen Augen abgespielt hatte.

Kaum war auch der Mann weggefahren, ging Lennart noch einmal in sich und grübelte, ob er sich nicht doch an mehr erinnern konnte.

»Wir können heute Abend noch darüber nachdenken«, beruhigte ihn Ilka. »Jetzt müssen wir erst mal sehen, wie wir ins Krankenhaus kommen, um Linh zu besuchen.«

Doch aus dem Besuch wurde zunächst nichts.

Ilka informierte Frau Kick, die den Unfall gar nicht mitbekommen hatte, per Handy. Daraufhin ließ sich ihre Lehrerin sofort von einem Mitarbeiter des Jugendhotels in die Klinik fahren. Ohne einen der Fünf Asse mitzunehmen.

Griesgrämig und nervös hockten sie nun schon

seit mehr als einer Stunde in der Hütte und warteten auf irgendeine Nachricht von Linh.

»Das ist ja nicht auszuhalten!«, schimpfte Michael. »Man sitzt hier wie bestellt und nicht abgeholt und erfährt nichts. Die Kick könnte doch wenigstens mal anrufen.« Er schaute auf sein Handy, ob er vielleicht einen Anruf überhört hatte.

»Hat sie sich bei euch gemeldet?«, fragte er.

»Nein«, antwortete Ilka. »Das hast du uns innerhalb der vergangenen Viertelstunde schon zehnmal gefragt.«

Michael winkte ab. Und wenn schon.

Er, Ilka und Lennart hockten in dem Zimmer der Jungs und schauten abwechselnd aus dem Fenster, von dem aus man den Eingangsbereich sehen konnte, dann wieder auf ihre Handys, obwohl sie garantiert keinen Anruf verpassen würden, weil jeder sein Handy in der Hand hielt, und auf ihre Uhren, auf denen die Zeit einfach nicht vergehen wollte.

Lennart griff sich aus Langeweile und Anspannung zwischendurch ein paar zusammengerollte Socken und begann damit zu jonglieren.

»Du machst mich nervös mit deinen Socken!«, beklagte sich Michael.

Lennart legte die Socken stumm beiseite, schnappte sich von einem der Betten einen Apfel, eine Orange, eine Banane und eine Kiwi und jonglierte damit weiter.

»Damit meinte ich nicht, du sollst die Socken gegen einen Obstsalat eintauschen«, pflaumte Michael ihn an, »sondern das Jonglieren ganz sein lassen.«

»Dann werde *ich* nervös«, erwiderte Lennart. Und jonglierte weiter.

Plötzlich ging die Tür auf.

Michael sprang in der Hoffnung, die Lehrerin wäre mit Neuigkeiten zurück, in die Höhe. Doch es war nur Jabali.

»Och, du bloß!«, muffelte Michael.

Jabali verneigte sich mit einem spöttischen Grinsen. »Oh, was für eine nette Begrüßung durch den weißen Mann!«

»Ach, hör auf!«, maulte Michael.

Jabali sah sofort, dass mit seinen Freunden etwas nicht stimmte und wurde sofort ernst. »Was ist passiert?«

»Linh!«, sagte Ilka bloß.

Lennart beendete das Jonglieren, legte das Obst

zurück auf die Betten und erzählte ihm die ganze Geschichte.

Jabali aß den Apfel, während er angespannt zuhörte. Vor Schreck vergaß er zwischendurch sogar das Kauen.

»So ein Mist!«, lautete sein Kommentar, als Lennart seine Erzählung beendet hatte. Und berichtete seinerseits: »Aber wir haben heute auch so einen Verrückten gesehen. Der ist plötzlich aus dem Wald aufgetaucht, ist uns dabei fast über die Skier gesaust, und ohne einen Mucks weiter mitten durch den Wald. Mit einem Affenzahn. Das Stinktier.«

»Wieso denn Stinktier?«, fragte Ilka verblüfft.

»Ein Stinktier mit ’nem Affenzahn!«, frotzelte Michael. »Jabali liebt eben die Tierwelt.«

»Genau!«, konterte Jabali. »Außer Schweinebacken wie dich!« Zur Unterstützung blies Jabali seine Backen auf.

Michael erhob sich, um auf Jabali loszugehen. Doch Ilka reagierte schnell und schubste Michael zurück aufs Bett.

»Das ist wirklich nicht der Zeitpunkt zum Streiten, Leute!«, mahnte sie die beiden. Sie vergewisserte sich, ob ihre Mahnung ange-

kommen war, bevor sie sich wieder auf ihren Platz auf Jabalis Bett setzte.

Lennart schnipste mit den Fingern. »Stinktier!«

»Meinst du etwa mich?«, fragte Michael drohend.

»Fang du jetzt nicht auch noch an!«, schimpfte Ilka und schaute böse zu Lennart.

Doch Lennart meinte etwas anderes. Er wandte sich an Jabali. »Wieso hast du den Skifahrer Stinktier genannt?«

»Nur so!« Jabali wurde es allmählich zu viel, dass seinem Ausdruck derart viel Bedeutung beigemessen wurde. »Weil er halt ein bisschen so aussah. Ist doch nicht so wichtig.«

Doch Lennart wirkte mit einem Mal sehr aufgeregt. »So aussah? Wie aussah?«

»Na ja«, erinnerte sich Jabali zögerlich. »Er trug halt einen schwarzen Skianzug, der hinten weiß war.« Jabali verdrehte seine Arme umständlich hinter dem Rücken, um zu verdeutlichen, was er meinte.

»Ein durchgehender breiter, senkrechter weißer Streifen?«, kam Lennart ihm zu Hilfe.

»Genau!«, bestätigte Jabali. »Als ob ihm ein Auto mit weißem Reifenabdruck über den Rücken gefahren wäre ...«

»... oder eben wie ein Stinktier«, ergänzte Ilka.

»So ähnlich, ja!«, stimmte Jabali ihr zu. »Wieso ist das so wichtig?«

»Weil der Typ, der Linh über den Haufen gefahren hat, genau so aussah!«, rief Lennart erregt in die Runde. »Jetzt, wo du ihn beschrieben hast, erinnere ich mich wieder. Ich wusste die ganze Zeit, dass mir im Unterbewusstsein irgendwas aufgefallen war. Es ging nur alles so schnell. Da war ich nicht von selbst draufgekommen.«

»Bist du sicher?«, hakte Michael nach.

»Ja!« Lennart hatte keinen Zweifel mehr.

Im Gegensatz zu Jabali.

»Dann hast du den Typen noch gesehen, der Linh überfahren hat?«, fragte Michael. »Wo ist er hingefahren? Vielleicht können wir ihn noch schnappen.«

»Das kann nicht sein!«, widersprach Jabali. »So, wie Lennart den Unfall geschildert hat, muss der Abfahrtsski oder ein Snowboard gefahren sein. Der, den ich gesehen habe, fuhr Langlauf!«

»Aber zwei Skifahrer mit dem gleichen ungewöhnlichen Anzug?«, zweifelte Ilka. »Das ist auch irgendwie komisch.«

Plötzlich war Jabali sich gar nicht mehr so

sicher, dass der Typ, den er im Wald gesehen hatte, wirklich Langlaufski gefahren war.

»Na, hör mal«, unterbrach ihn Michael jetzt. »Wer fährt denn mit Langlaufskiern ein solches Tempo quer durch den Wald und über Loipen hinweg?«

Auch Lennart wurde jetzt unsicher und schüttelte den Kopf.

»Ich weiß es auch nicht mehr. Abfahrt? Snowboard? Langlauf? Vielleicht kam es mir schneller vor als er in Wirklichkeit gefahren ist«, überlegte Lennart. »Vor dem Unfall habe ich ihn ja auch nicht kommen sehen. Und danach war ich so geschockt, dass ich erst mal nur auf Linh geachtet habe. Den Skifahrer habe ich nur beiläufig wahrgenommen.«

»Mm«, grübelte Ilka. »Wieso fährt einer Linh fast über den Haufen und riskiert dabei, sich selbst zu verletzen?«

Ihr kam nur eine Erklärung in den Sinn: »Der wollte nicht gesehen werden und musste irgendwohin! Und zwar auf dem kürzesten und schnellsten Weg. Ohne Rücksicht auf Verluste!«

»Und weshalb macht jemand so was?«, nahm Lennart die Überlegung auf. »Weil er sich verstecken musste, vielleicht. Oder fliehen.«

Jetzt war Michael hellwach. »Ihr meint: Der Dieb

und der, der Ilka umgefahren hat, ist ein und derselbe Typ?«

Immerhin, darin waren sich alle vier einig, erschien es als eine äußerst plausible Möglichkeit. Eine heiße Spur, die man sofort verfolgen musste.

Wenn nicht in diesem Augenblick die Tür aufgegangen und Linh hereinspaziert wäre.

»Hallo!«, rief sie glücklich in die Runde. »Ich bin wieder da. Es ist alles in Ordnung!«

Auf Spurensuche

Linh wurde von ihren Freunden überschwänglich begrüßt wie ein Popstar von seinen treuesten Fans. Es war ihr fast schon unangenehm. Der Arzt im Krankenhaus hatte ihr erklärt, dass sie bei dem Unfall riesiges Glück gehabt hatte. Irgendetwas Hartes, der Ellenbogen des Skifahrers oder der Skistockgriff, hatte sie zwar, trotz Helm, so unglücklich an der Stirn getroffen, dass Linh bewusstlos umfiel. Aber letzten Endes hatte er sie doch nur gestreift und ihr Helm den größten Teil des Stoßes abgeschwächt, sodass Linh keine weiteren Verletzungen davontrug. Nur ein, zwei Zentimeter mehr zur Seite und der Ellbogen, oder was immer es war, hätte Linh mit voller Wucht getroffen. Was dann passiert wäre, hatte der Arzt gar nicht ausmalen wollen.

Ilka erzählte Linh von der neuen Fährte. Und so beschlossen die fünf, am nächsten Tag, gleich nach dem Training mit Frau Kick, die Gegend, in der Jabali den Skifahrer gesehen hatte, genauer abzusuchen.

Bei jeder anderen Gruppe hätte sich Frau Kick gewundert, dass alle unmittelbar nach dem Training gemeinsam weiterfuhren. Gewöhnlich zersplitterten sich die Gruppen nach den Kursen schnell. Meistens war jeder froh, endlich ohne ständige Anweisungen seinen eigenen Weg und seine eigenes Tempo fahren zu können. Aber bei den Fünf Assen war das nichts Ungewöhnliches. Die hingen oft noch lange zusammen, wie Frau Kick schon mehrfach beobachtet hatte.

Jabali erzählte der Lehrerin, sie wollten versuchen, möglichst synchron zu laufen und er, der am wenigsten Erfahrung auf Abfahrtsskiern hatte, sollte die Führung übernehmen. Von ihrem wahren Vorhaben wollten sie der Lehrerin lieber nach wie vor nichts sagen.

»Besser sie schauen uns nicht zu!«, hatte er ihr noch zugerufen.

»Wieder eine typische Idee von euch!«, grinste Frau Kick. Sie glaubte ihm die kleine Schwindelei.

So standen Jabali, Ilka, Linh, Lennart und Michael zur Mittagszeit vor der Hütte bereit. Entschlossen, die Umgebung etwas genauer abzusuchen. Besonders den Bereich, in dem

der Skifahrer auf Jabalis Langlaufgruppe gestoßen war, interessierte sie.

»Ich habe den Umgebungsplan noch mal genau angeschaut. Und ich vermute, dass wir uns der Stelle, an der uns der Fremde fast über die Skier gefahren ist, besser von dort oben aus nähern können. Vielleicht gelingt uns sogar eine Abkürzung«, sagte Jabali nachdenklich und deutete auf eine kleine Anhöhe.

Ilka und Linh schauten skeptisch auf Jabalis Beine, denen man von Weitem ansah, dass sie unsicher in den Skistiefeln standen. Jabali hatte sich die Ausrüstung von Torben geliehen, der seinerseits gerne mal Jabalis Langlaufskier ausprobieren wollte. Das Problem war nur, dass Jabali mit den Abfahrtsskiern kaum vertraut war.

Auf der anderen Seite besaß außer Jabali niemand Langlaufskier. Und Ilka und Lennart waren sowieso der Meinung, dass sie im Wald, abseits der Pisten, mit den Skiern besser klarkommen würden.

Linh hatte sich mit einer Einschätzung zurückgehalten. Für sie war es noch vollständig rätselhaft, wie man in einem Wald voller Bäumen Ski fahren wollte und wie sie dort einem Unbekannten auf die Spur kommen sollten.

»Mit den Dingern kommt man ja gar nicht voran!«, beklagte sich Jabali. Er fand bei dieser Art der Fortbewegung die Bindungen, mit denen die Schuhe fest an den langen Brettern hafteten, doch eher hinderlich als hilfreich.

Neben ihnen lief ein Mädchen zu Fuß die kleine Anhöhe hinauf.

Jabali blieb stehen: »Was ist das denn für ein Quatsch?«, schimpfte er. »Die ist ja ohne Ski schneller als ich mit!«

Lennart lachte: »Es geht ja auch bergauf!«

Jabali verstand die Logik nicht. »Wozu trage ich dann die Dinger, wenn ich ohne schneller bin? Das ergibt doch gar keinen Sinn!«

»Auf der Ebene geht es mit Langlaufskiern besser, einverstanden!«, gab Lennart zu. »Aber abwärts bist du bedeutend schneller und im Wald kommst du mit den kürzeren Brettern bestimmt besser voran!«

»Eben!«, mischte sich jetzt Michael ein. »Warum fahren wir dann nicht gleich direkt abwärts dorthin?«

»Wir fahren kein Rennen! Wir suchen etwas . . .«, erinnerte Linh ihn an ihren Plan.

»Müssen wir dann unbedingt hier entlangkriechen?«, fragte Michael. »Warum nehmen wir nicht den Weg, den der Typ gefahren ist?«

»Mit Jabali über die Piste und quer durch den Wald?«, fragte Ilka. »Bist du verrückt?«

Michael zog die Schultern hoch. »So verrückt wie der, den wir suchen!«, argumentierte er. »Wenn wir seine Spur verfolgen, sollten wir auch auf seiner Spur bleiben.«

Jabali betrachtete skeptisch seine Abfahrtsskier.

»Jetzt tu mal nicht so!«, wies ihn Michael zurecht. »Was meinst du, Lennart?«

Lennart warf einen misstrauischen Blick auf Jabali und schwieg.

Die breiten Bretter waren Jabali ganz offensichtlich nicht geheuer. »Ganz schön gefährlich«, schätzte er ein. »Auf einem Ziehweg abwärtsfahren traue ich mir ja gerade noch zu, auch, in der freien Ebene zu laufen. Aber ich weiß nicht. Irgendwie fühle ich mich wie so ein Storch im Salat.«

Linh kicherte. Sie stellte sich Jabali gerade als Storch vor.

»Na komm schon!«, beharrte Michael. Ohne die weitere Diskussion abzuwarten, drehte er um, stieß sich mit den Stöcken ab und fuhr los. »Wir sehen uns an den Loipen!«, rief er.

»Warte doch!«, wollte Ilka ihn noch zurückhalten. Doch Michael ließ sich nicht mehr bremsen.

Ilka stieß wütend den Skistock in den Schnee. »Das ist ein solcher Sturkopf!«

Lennart stimmte ihr zu. Trotzdem entschied er, Michael zu folgen. »Wir sollten ihn wenigstens nicht allein fahren lassen.« Und damit fuhr er Michael auch schon hinterher.

Es war eigentlich totaler Wahnsinn, dass Jabali es wagte. Er war bisher nur mit Langlaufskiern und auf stillen Wegen gefahren. Snowboard war ihm ein Graus und im Abfahrtsski war er ein absoluter Anfänger. Und nun begab er sich mitten auf die Piste. Nur wegen Michael! Er rief ihm nach, doch Michael raste schon über die Piste und hörte nichts mehr.

Jabali fuhr wie jeder absolute Neuling im breiten Schneepflug quer über den ganzen Hang. Er hörte, wie ihn andere Skifahrer schon anpöbelten, ihm wütend zuriefen, er solle erst mal unten im Tal auf leichten Hügeln üben. Allerdings konnten ihm diese Beschimpfungen im Moment nichts anhaben. Im Gegenteil: Sie erinnerten ihn daran, sich nicht zu überschätzen.

Aber ohne dass er wusste, was er dagegen tun konnte, nahm seine Geschwindigkeit zu.

Und mit der Geschwindigkeit die Unsicherheit. Mit Langlaufskiern hätte er sich natürlich niemals hierhergewagt. Aber weil dieses Stinktier aufgetaucht war und eine kleine Chance bestand, die Verfolgung aufzunehmen, nahm Jabali dies alles in Kauf.

Er hatte das Gefühl, jemand hätte ihn auf zwei Bügelbretter gestellt und den Abhang hinuntergestoßen. Ungebremst schoss er auf den Loipenbereich zu.

Hinter ihm versuchte Linh die Übersicht zu behalten und entschuldigte sich bei den anderen Skifahrern, die sie wütend beschimpften.

Zu Recht, wie Jabali fand.

Doch jetzt war es zu spät, um umzukehren. Jabali sah nur noch eine Aufgabe vor sich: ohne Sturz den Rand des Waldes zu erreichen, in dem die Loipen lagen! Aber das hieß, er musste einmal quer über die ganze Piste. Jabali fühlte sich extrem unwohl.

Umso erleichterter war er, als er sich ihrem Ziel näherte. Michael stand schon auf der anderen Seite und winkte ihnen zu.

Sicher nicht aus Freude, wie sich Lennart denken konnte. Michael war ein Dickkopf, der manchmal ungestüm durch die nächste Wand rasen wollte. Wie jetzt. Es schien, als sei er dem Verdächtigen direkt auf den Fersen, dabei hatten sie noch keinen blassen Schimmer, ob eine Suche nach Spuren hier erfolgreich sein könnte. Noch während Lennart sich auf seine eigene Fahrt konzentrieren musste, schüttelte er kurz fassungslos den Kopf über Michaels Verhalten.

»Nicht mehr weit!«, sprach er Jabali Mut zu. »Noch fünfzig Meter oder so.«

»Das mit den Abfahrtsskiern für Jabali war eine total bescheuerte Idee!«, schimpfte Michael, als sie in Hörweite kamen. Er sprach aus, was Lennart gerade dachte. »So kommen wir doch niemals an!«

»Aaaachtuuuung!«, rief Jabali, der gerade auf Michael zuschoss und sich nicht anders zu helfen wusste, als sich auf eine Seite fallen zu lassen. »Mist! Wie konnte ich mich nur auf diese Dinger stellen! Auf Langlaufskiern wären wir längst an der Stelle, die ich euch zeigen wollte!« Er sah Michael verärgert an. »Dann wärst du hinter uns hergeschlichen!«

»Moment mal! Mit euren Beschimpfungen kommen wir keinen Schritt weiter! Ich hätte da einen Vorschlag«, sagte Linh, als Lennart plötzlich aufgeregt den Arm ausstreckte.

»Da!«, rief er und fixierte einen bestimmten Punkt. »Da!«

Jabali, der durch das Aufstehen gerade mit dem Rücken zum Abhang stand und aufpassen musste, nicht unfreiwillig rückwärts die Piste hinunterzurutschen, drehte den Kopf in alle Richtungen, konnte aber nichts Besonderes entdecken.

»Dort unten!«, zeigte Lennart.

Jabali drehte sich um und sah ihn. Im gleichen Moment entdeckte auch Michael ihn. Wie in einem Chor riefen beide: »Das Stinktier!«.

Der gesuchte Skifahrer kam ein Stück unter ihnen aus dem Wald, fuhr nun eine kurze Strecke neben dem Wald, parallel zur Abfahrtspiste, und würde sicher gleich noch weiter unten wieder in den Wald einbiegen. Dort, wo Michael und Lennart ohnehin hinwollten.

»Schnell!«, rief Lennart.

»Ja, witzig!«, ärgerte sich Michael. »Würde ich ja gern. Ich muss die hier aber wohl erst mal vorbeilassen!«

»Na komm!«, forderte Lennart Michael auf und schoss noch vor der nahenden Gruppe los. Michael reagierte einen Moment zu spät und musste geduldig warten, bis eine Gruppe von Kindern, angeführt von einem Mann, an ihm vorbeigefahren war. Wie mit Gummibeinen schienen die Kleinen jeden Buckel zu meistern, ohne Angst und unbefangen bretterten sie den Hang hinunter, als hätten sie zeit ihres Lebens nichts anderes gemacht. Jabali schaute ihnen neidvoll hinterher.

Lennart hatte sofort einen Vorsprung von gut zehn Metern herausgefahren, bevor Michael überhaupt starten konnte.

Schon bog das Stinktier in den Wald ein.

Lennart achtete jetzt nicht mehr auf irgendwelche Sicherheitsvorkehrungen. Mit vollem Risiko schoss er den Hang hinunter, versuchte instinktiv so gut es ging, seine Erfahrungen als Abfahrtsskiläufer mit denen vom Inlineskaten zu vereinbaren, und beschleunigte noch mal.

»Warte mal!«, rief Michael ihm hinterher. Aber in Wirklichkeit wollte er natürlich gar nicht, dass Lennart wartete. Im Gegenteil, er hoffte, dass wenigstens Lennart schnell genug sein würde, um den Dieb zu stellen. Aber er wollte Lennart wenigstens im Auge behalten, was ihm auch gelang.

Als er den Waldrand erreichte, sah er gerade noch, wie Lennart kurz stehen blieb, Michael ein Zeichen gab, dass er links einbiegen würde, und dann in die angezeigte Richtung aus dem Blickfeld fuhr.

Sie hatten jetzt eine normale Loipe vor sich. Auf Abfahrtsskiern war das zwar nicht gerade ideal, aber besser als mit Langlaufskiern auf der Piste. Michael wechselte gleich in die Spur und schob sich mit den Stöcken kraftvoll voran. Trotz der Abfahrtsskier gelang ihm das ganz gut, denn es gab hier ein kleines Gefälle. Außerdem kam ihm natürlich sein athletisch durchtrainierter Körper zugute. Lennart war ein Sprinter. Dem würde schnell die Luft ausgehen, denn es fehlte ihm an Kondition und Kraft. Beides besaß Michael, sodass er Meter um Meter aufholte.

Von weiter oben hörte Michael Stimmen. Das mussten Ilka, Linh und Jabali sein. Ob sie Michael aus den Augen verloren und einen anderen Weg genommen hatten?, überlegte Michael.

»Hast du ihn noch im Blick?«, rief Michael Lennart zu.

»Nein!«, schallte die Antwort durch den Wald. »Aber ich habe gesehen, wo er abgebogen ist. Ich bin gleich dran!«

Aber das war Michael auch. Bis auf zehn Meter hatte er Lennart schon eingeholt.

»Jabali und die Mädchen sind auch gleich da!«, informierte Michael Lennart. »Ich glaube, ich habe sie schon gehört.«

»Das heißt nichts«, erwiderte Lennart. »Die Stimmen sind hier weit zu hören!«

Lennart folgte einer Kurve und sah gerade noch, wie weit vor ihm das Stinktier rechts einbog. Der Abstand hatte sich vergrößert. Lennart ärgerte sich darüber und versuchte zu beschleunigen, aber ihm fehlte die Luft. Er stieg aus der Spur und ließ Michael, den er direkt hinter sich hörte, vorbeiziehen.

»Schnapp ihn dir!«, spornte Lennart ihn an.

Weil es auch hier immer noch ein wenig abschüssig war, ging Michael zusätzlich in die Hocke. Der Abstand zu Lennart, der hinter ihm wieder in die Spur gestiegen war, vergrößerte sich merklich.

»Gut so!«, lobte Lennart. »Du holst ihn!«

Doch der Dieb war schnell.

Michael musste alles aus sich herausholen, um den Blickkontakt wiederherzustellen, was ihm nicht ganz gelang.

Als er erneut um die Kurve fuhr, konnte er nur noch an den bewegten Tannenzweigen erkennen, dass das Stinktier hier vorbeigekommen sein musste.

Michael stieß sich noch kräftiger ab, wie bei einem Sprint am Ende eines Rennens.

Wo will der hin?, überlegte er dabei. Er vermisste Jabali schmerzlich. Der würde es vielleicht wissen, weil er den Langlauf gemacht hatte und sich in diesem Waldstück vielleicht besser orientieren konnte. Wenn man wüsste, wohin der Weg führte, konnte man quer durch den Wald vielleicht eine Abkürzung fahren? Das Stinktier schien sich hier jedenfalls bestens auszukennen und verfolgte seinen Weg scheinbar zielsicher und ohne zu zögern.

Michael bog zwar kurz nach dem Stinktier ebenfalls links ein, aber er hatte es gänzlich aus den Augen verloren. Stattdessen tauchte vor ihm eine Kreuzung auf.

Michael blieb mitten auf der Kreuzung im Schnee stehen. »Verdammt!«, fluchte er. In welche Richtung war der Mann gefahren?

Nach rechts ging es bergauf. Würde jemand, der auf der Flucht ist, freiwillig bergauf fahren?

Links, so wies ein Warnschild aus, lag ein Gebiet mit Lawinengefahr. Den Weg wollte Michael auf keinen Fall fahren, obwohl er sich für einen kurzen Moment wunderte, wieso eine Loipe in dieses Gebiet führte. Doch mehr Gedanken machte er sich darüber nicht. Denn Lennart erreichte ihn gerade.

»Ich tippe auf geradeaus«, sagte Michael mit schwerem Atem.

»Okay«, hauchte Lennart zurück. Auch er war völlig aus der Puste.

»Und die anderen?«, fragte Michael.

»Wir können jetzt nicht warten«, entschied Lennart. »Wer weiß, wann die hier sind.«

»In Ordnung.« Michael leuchtete das Argument ein.

Mit beiden Stöcken stieß er sich ab und setzte seinen Lauf fort.

Lawinengefahr

Lennart hörte etwas, das er im ersten Moment gar nicht richtig wahrnahm. Und als er es tat, hielt er das Geräusch für unbedeutend und achtete nicht weiter darauf. Er hatte jetzt die Führung übernommen und hoffte, dass ihnen das Stinktier nicht endgültig entkommen war. Noch einmal beschleunigte er das Tempo, um möglichst bald wieder Sichtkontakt herzustellen. Der Puls schlug ihm bereits bis zum Hals. Ein Blick auf seinen Pulsmesser zeigte ihm, dass er bereits seine maximale Herzfrequenz erreicht hatte. Er musste kürzertreten, ob er wollte oder nicht. Sonst ging sehr bald gar nichts mehr.

Das konnte doch nicht sein, dass ihnen das Stinktier so weit davongefahren war. Was hat denn der für eine Kondition?, fragte sich Lennart.

Dann wieder dieses Geräusch.

Oder war das nur sein Herzrasen?

Lennart blieb stehen, atmete tief durch und sah sich zu Michael um, der direkt hinter ihm lief.

»Hörst du das auch?«, fragte er.

»Was denn?«

»Na, so ein Wummen!«, versuchte Lennart das Geräusch zu beschreiben.

Michael schüttelte den Kopf. Er hatte nichts gehört.

Lennart lauschte in die Stille hinein.

»Da!«, rief er. »Da war es wieder!«

Michael horchte. Aber da war das Geräusch schon wieder vorbei.

Lennart schaute sich, da sie ohnehin pausierten, die Umgebung etwas genauer an. Jetzt erst fiel ihm auf, dass hier nicht nur die Loipe fehlte: Sie steckten schon mitten in unbefahrenem Gelände. Nur die leicht vereiste Oberfläche hatte verhindert, dass sie bei jedem Schritt im Schnee einsackten. Kein Wunder, dass sein Herz raste. Statt auf einem gespurten Weg, waren sie schon die ganze Zeit über eine unberührte Schneefläche gelaufen. Im Eifer der Verfolgung hatten sie das nicht bewusst wahrgenommen. Jetzt aber wunderte Lennart sich darüber.

»Irgendetwas stimmt hier nicht«, fand er. »Wir müssten doch noch auf der offiziellen Langlaufroute sein. Die war doch so ausgeschildert.«

Das hatte Michael auch so gesehen. Und noch mehr: »Wenn der Typ immer noch vor uns ist, dann müsste er doch auch irgendwelche Spuren hinterlassen haben. Wenn du mich fragst, dann ist der den anderen Weg gefahren. Nach links.«

»Ins Lawinengebiet?«, ereiferte sich Lennart. »Spinnt der?«

Wieder ein lautes Wummern.

Jetzt hatte Michael es auch gehört.

Die beiden sahen sich an.

Sagten nichts.

Ihre Blicke wurden zunächst ernst, dann panisch. Im selben Moment hatten sie den gleichen Gedanken.

»Lawinengebiet!«, stieß Lennart entsetzt aus.

»Jemand muss die Schilder verdreht haben«, vermutete Michael. Nach *links* führte die Loipe. Und wir sind geradeaus mitten ins gefährdete Gebiet gelaufen.«

»Scheiße!«, fluchte Lennart. »Das kann nur der Typ gewesen sein, um uns abzuhängen.«

Erneut das laute Wummern.

Michael sah hinauf in den Himmel, in der Hoffnung, es hätte sich nur ein Gewitter zusammengebraut. Aber der Himmel zeigte sich zwischen den hohen Tannenspitzen unverändert in seiner ganzen hellblauen Schönheit. Die Sonne strahlte. Es war sogar im Schatten der Bäume warm.

»Ich hab mal irgendwo gelesen, dass man manchmal eine Lawine kurz vor dem Abgang hören kann. So ›WUMM‹-Geräusche, wenn die Luft aus den zusammenbrechenden Schichten in der Schneedecke gepresst wird«, erinnerte sich Lennart vage. »Auf jeden Fall sollten wir so schnell wie möglich weg von hier!«

»Verdammt, du hast recht!«, pflichtete Michael ihm bei. Sofort drehte er sich um und startete. »Los!« schrie er Lennart zu. »Komm!«

Der Vorteil des Schnees lag darin, dass sie ihrer eigenen Spur auf dem Rückweg folgen konnten. Ihre Skier hatten immerhin zarte Abdrücke auf der Oberfläche hinterlassen. So liefen sie zumindest nicht noch Gefahr, sich zu verlaufen und ungewollt noch weiter ins Lawinengebiet zu geraten.

»Schneller!«, drängte Lennart, der Michael schon nach wenigen Stößen auf den Fersen folgte. »Schneller!«

Michael lief so schnell er konnte. Aber erstens war das nicht besonders schnell und zweitens musste er sehr genau hinschauen, um seine eigenen Spuren nicht zu verpassen.

Trotzdem kämpfte Michael, wie er es von schweren Wettkämpfen gewohnt war. Herzrasen, Atemnot, Muskelschmerzen. Alles wurde in diesem Moment gleichgültig. Nur weg von hier. So schnell wie möglich. Er erinnerte sich, wie Jabali über die Ski gelästert und behauptet hatte, ohne Skier wäre man ja schneller. Jetzt war er froh, wenigstens die Abfahrtsskier an den Füßen zu haben. Ohne sie wäre er sofort im Schnee eingesackt und erheblich langsamer vorangekommen.

Im Hintergrund ertönte nun ein gewaltiges Donnern.

Die Erde begann zu beben. So plötzlich und heftig, dass Lennart beinahe umgekippt wäre. Gerade noch konnte er sein Gleichgewicht wiedergewinnen und weiterlaufen.

»Die Lawine!«, schrie Lennart.

»Wo?«, schrie Michael zurück. »Wie weit entfernt?«

»Das weiß ich doch nicht, Mann!«, brüllte Lennart ihn an. »Beeil dich! Lauf! Lauf um dein Leben!«

Zwei Asse vermisst!

Ilka, Linh und Jabali waren schon ein Stück in den Wald hineingefahren, als plötzlich die Erde bebte. Obwohl die Lawine auf der anderen Seite des Waldes abgegangen sein musste, begriffen die drei sofort, woher das Beben kam. Und natürlich dachten sie im selben Moment alle an ihre Freunde Michael und Lennart, die genau in diese Richtung unterwegs waren.

Starr vor Schreck standen die Asse da und blickten gebannt nach vorne – konnten aber nichts sehen als den bebenden Wald, die zitternden und sich teilweise biegenden Bäume.

Minutenlang sagten sie nichts. Beobachteten nur das gewaltige Naturschauspiel, von dem sie mehr hörten als sahen. Der Lärm war ohrenbetäubend.

Es war, als ob der Wald die Grenze bildete, hinter der die Welt in Schneemassen versank und für immer unterging. Dann fegte ein

Schneesturm über sie hinweg und peitschte einzelne Spritzer des aufgewirbelten Schnees in ihre Gesichter.

Die drei gingen unwillkürlich in die Hocke, drückten sich fest aneinander und legten die Arme schützend um sich. Obwohl sie sich hier im Loipenbereich eigentlich auf sicherem Skigebiet befanden, hatte die Angst in ihnen überhandgenommen, trotzdem von der Lawine erfasst zu werden. Auch die Bergwacht und Meteorologen konnten sich irren. Lawinen scherten sich nicht um Grenzen und die Ausschilderungen der Menschen.

Linh überlegte, was sie tun sollte, wenn sie gleich Schneemassen überrollen würden, sie Hunderte von Metern weit mit sich schleifen und unter sich begraben würden wie eine undurchdringliche Betonschicht. Unter einer Lawine verschüttet zu sein, war, als wäre man eingemauert, hatte sie einmal gehört. Das Einzige, was einem blieb, war, die Hände möglichst so vors Gesicht zu halten, dass man sich einen kleinen Hohlraum für Atemluft verschaffte. Wenn einem das gelang, besaß man etwa eine halbe Stunde lang die Chance zu überleben. Vorausgesetzt, man war zuvor nicht durch das tonnenschwere Gewicht des Schnees erdrückt worden.

Doch da wurde es plötzlich still.

Linh, Ilka und Jabali verharrten in ihrer Position. Sagten nichts. Warteten einfach nur ab.

Dann aber hörten sie voneinander die Atemgeräusche. Und Linh meinte sogar, dass von Jabali ein leises Wimmern kam.

»Alles in Ordnung?«, fragte Linh, noch immer bewegungslos.

»Bei mir ja«, kam die Antwort von Ilka.

»Bei mir glaube ich auch«, sagte Jabali. »Ist es vorbei?«

»Weiß nicht!«, sagte Linh ehrlich. »Ich vermute ja. Es ist so still.«

»Vielleicht geht es gleich wieder los«, befürchtete Jabali. Langsam hob er den Kopf. Und sah sich um.

Jetzt bewegten sich auch Linh und Ilka vorsichtig aus ihrer geschützten Haltung, standen langsam auf und schauten sich ebenfalls vorsichtig um.

Die Lawine war anscheinend weit an ihnen vorbeigegangen. Das, was sie in Angst und Schrecken versetzt hatte, waren nichts als die entfernten Auswirkungen der unbändigen Kraft der abgehenden Schneemassen gewesen. Das hatte aber schon genügt, um Todesangst zu bekommen. Die drei konnten sich

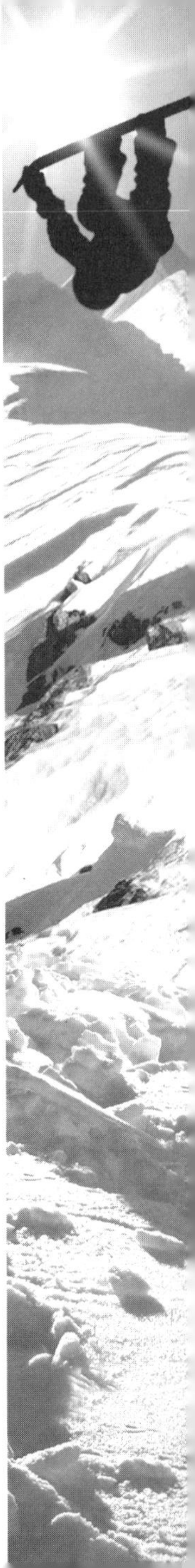

jetzt ungefähr vorstellen, was für eine Naturgewalt so eine Lawine war.

Niemand traute sich, etwas zu sagen. Niemand wagte, den grausamen Verdacht auszusprechen, der sich aber in jedem von ihnen plötzlich wieder meldete. Was, wenn Lennart und Michael vielleicht gar nicht mehr im Wald, sondern schon auf der anderen Seite herausgekommen waren? Genau dort, wo die Lawine oder ihre Ausläufer unter unvorstellbarem Donnergetöse erbarmungslos alles unter sich begraben hatte, was ihr im Wege gestanden hatte. Was, wenn sie dort von der Lawine erfasst worden waren?

Jabali löste sich als Erster aus der Schreckensstarre, überlegte kurz und sprach sich dann selbst Hoffnung zu. »Die Lawine ist drüben abgegangen, hinter dem Wald. Das ist Sperrgebiet. Da sind Lennart und Michael bestimmt nicht hineingefahren.«

»Lennart? Michael?«, rief Ilka leise. »Lennaaaart! Michaeeeel!!!«, wiederholte sie jetzt lauter. »Los, macht mit! Vielleicht hören sie uns!«

»Lennaaart! Michaeeeel!!!«, versuchte es jetzt auch Linh.

Jabali schüttelte nur den Kopf. Ilka und Linh gaben schnell wieder auf. Es erschien ihnen aussichtslos, dass sie gehört wurden.

»Das ist Sperrgebiet! Da sind die nicht!«, sprach Jabali sich selbst Hoffnung zu.

Linh nickte zustimmend. Und nachdenklich. Trotzdem. Irgendwie war ihnen mulmig zumute.

Linh äußerte die ersten Zweifel. »Bist du sicher, dass die Lawine nicht vielleicht doch auch teilweise über den Wald gegangen ist? Sie war irgendwie verdammt nah.«

»Ja«, stimmte Jabali zu. Das hatte er auch so empfunden. Trotzdem glaubte er – oder besser gesagt, er hoffte es –, dass Lennart und Michael die Lawine ähnlich erlebt hatten wie sie selbst. Aber die letzten Zweifel konnte auch er nicht ausräumen. Jabali öffnete, ohne seine Handschuhe auszuziehen, umständlich den Reißverschluss seiner linken Tasche. Zog sein Handy mit einem Ruck heraus. Dabei rutschte es ihm durch die Hände, flog in hohem Bogen davon und landete neben ihm unter einem tief hängenden Tannenzweig. Während er sich danach ausstreckte und versuchte, dabei nicht selbst bäuchlings im Schnee zu landen, fluchte er leise vor sich hin.

Ilka schüttelte den Kopf. Während Jabali nach seinem Handy stocherte, kam er ihr wirk-

lich wie ein Storch im Salat vor. Sie zückte schnell ihr eigenes Handy.

»Nichts! Die haben wohl keinen Empfang«, stellte sie enttäuscht fest.

Linh überlegte, was sie tun konnte, und tat dann das einzig Richtige: Sie zog jetzt ihr Handy aus der Tasche und wählte die eingespeicherte Notfallnummer der Bergwacht. Es war nicht lange her, dass sie über diese Nummer selbst gerettet worden war. Jetzt musste sie den anderen helfen.

Kurz und so präzise wie möglich informierte Linh die Bergwacht darüber, dass möglicherweise zwei ihrer Mitschüler von der Lawine erfasst worden waren. Allerdings, so stellte sie während ihrer Meldung fest, war es wirklich nur eine vage Vermutung, eher eine Befürchtung. Denn sie konnte der Bergwacht noch nicht einmal schildern, wo genau sich Lennart und Michael zuletzt befunden hatten.

Vielleicht waren die Jungs gar nicht weiter in den Wald hineingefahren, sondern hatten ihren Plan geändert, waren längst wieder herausgekommen und saßen schon fröhlich in der Hütte? Es war nur eine von vielen Möglichkeiten, dass sie am falschen Ende aus dem Wald herausgekommen und in Lawinengefahr geraten waren. Und dazu hätten sie bewusst die Schilder ignorieren müssen. Denn übersehen –

das konnte Jabali bestätigen, der schon durch den Wald gelaufen war – konnte man die Warnhinweise eigentlich nicht. Und dass Michael und Lennart sich nicht um die Warnungen kümmerten, konnte sich selbst Linh nicht vorstellen.

Insofern war Linhs Meldung zwar sehr lobenswert, aber im Moment hatte die Bergwacht mehr als genug damit zu tun, zu wirklichen Notfällen auszurücken. Der Mann von der Bergwacht versprach, Linhs Meldung im Hinterkopf zu behalten und nach zwei Jungen Ausschau zu halten. Er riet Linh, doch bitte erst mal schnell daheim in der Hütte nachzufragen, ob die Jungs dort nicht längst aufgetaucht waren.

Genau das tat Linh, indem sie im Anschluss an das Telefonat mit der Bergwacht Frau Kick anrief, die bereits in die Hütte zurückgekehrt war. Doch von Michael und Lennart fehlte jede Spur.

Das Versteck

Als Linh, Ilka und Jabali in das Jugendhotel zurückkehrten, wurden sie schon von den anderen erwartet. Alle hatten sich unten in dem kleinen Raum, in dem sich die Rezeption befand, eingefunden. Dort zwängten sie sich auf die wenigen Besucherstühle oder saßen einfach auf dem Boden rund um Frau Kick. Die hielt es sitzend aber kaum aus, stand immer wieder auf, schaute abwechselnd aus dem Fenster und dann wieder zur Rezeption oder warf hoffnungsvoll einen Blick auf ihr Telefon.

»Wenn denen nichts passiert ist, könnten sie sich doch mal melden und Entwarnung geben«, fand sie. Und schloss allein daraus, dass die Jungs nicht anriefen, dass ihnen etwas passiert sein musste.

Doch zumindest in dem Punkt konnte Jabali sie beruhigen.

»Auf den Gedanken würde ich auch nicht unbedingt kommen«, gab er zu. »Die werden sich ja auch erschrocken haben und sind vielleicht schon auf dem schnellsten Weg hierher.«

Frau Kick überzeugte das nicht. Einmal kurz anrufen wäre wirklich nicht zu viel verlangt, lautete ihre Meinung.

»Oder sie haben keinen Handyempfang«, versuchte Jabali seine Freunde zu entschuldigen. »Oder ...« Er brach ab. Oder es war eben doch etwas passiert.

»Oder wir versuchen es noch mal bei ihnen!« Linh zog ihr Handy und wählte Michaels Kurzwahlnummer. »Nichts!«, stellte sie nur fest. Dann rief sie Lennart an. »Wieder nichts!«

Das Warten wurde unerträglich. Egal, wie oft sie auch aus dem Fenster schauten oder sogar vor die Tür gingen, um die Piste abzusuchen: keine Spur von Lennart und Michael.

Ilka hatte ihre Jacke noch gar nicht ausgezogen, auch ihre Boardboots trug sie noch. Sie wollte, sobald sich irgendwas tat, startklar sein. Und falls sich alle Sorgen zerschlugen und Michael und Lennart irgendwann doch noch auftauchten, wollte sie als Erste raus und den beiden entgegenlaufen.

Jabali dachte kurz an das Verschwinden seiner Langlaufskier. Wie banal ihm dieses Problem plötzlich vorkam. Noch am Morgen hatte

dieser Diebstahl sie ganz und gar eingenommen. Da gab es für sie nichts Wichtigeres, als sich Gedanken darüber zu machen, wer der Täter sein könnte und wie sie die Skier vielleicht wieder zurückbekommen konnten. Nur deshalb hatten sie sich auf eigene Faust auf den Weg gemacht. Und jetzt fehlten Michael und Lennart. Vielleicht waren sie unter eine Lawine geraten und rangen um ihr Leben. Was bedeuteten schon so ein paar blöde, ausgeliehene Skier? Wichtig war, dass Michael und Lennart wieder heil zurückkamen. Irgendwie.

Wieder warf Jabali einen Blick aus dem Fenster. Wieder vergeblich. Statt Michael und Lennart sah er aber das »Stinktier«, das eben aus dem oberen Teil des Waldes herausfuhr.

»Seht mal! Dort! Der Typ!«, rief Jabali Ilka und Linh aufgeregt zu. »Das ist doch der, den wir gesucht haben!«

»Tatsächlich?«, fragte Ilka.

Jabali war ganz sicher. »Wo kommt der denn her?«, fragte er sich.

Das Stinktier trug einen dicken Rucksack und steuerte direkt den Skiverleih an.

»Ob Michael und Lennart ihm unterwegs begegnet sind?«, fragte sich Jabali.

Linh hoffte es sehr, denn dann bestand eine große Chance, dass ihm die beiden bis hierher gefolgt waren und ebenfalls gleich auftauchen würden.

»Ich frag ihn!«, entschied Ilka, schloss ihre Jacke und schlüpfte in ihre Handschuhe.

»Was?« Jabali wollte sie zurückhalten »Du kannst doch nicht ...«

Doch da war es schon zu spät. Ilka packte ihr Snowboard und fuhr dem Mann im Stinktieranzug hinterher. Sie kam kurz nach ihm am Häuschen des Skiverleihs an. Als sie die Tür öffnete und eintrat, packte das Stinktier gerade seinen Rucksack aus. Er legte mehrere Paar Skistiefel auf den Tisch, die Franzl ins Regal packte.

Als Ilka hereinkam, brüllte Franzl sie an. »Wir haben jetzt nicht geöffnet. Draußen stehen doch die Ausleihzeiten!«

»Ich wollte ja gar nichts ausleihen«, antwortete Ilka. »Sondern nur fragen, ob ...«

»Raus!«, brüllte Franzl.

Der andere ging auf Ilka zu, packte sie an den Schultern und drückte sie rückwärts aus der Tür.

Ilka hielt sich am Türrahmen fest. »Hey!«,

beschwerte sie sich. »Lass das! Ich wollte doch nur fragen, ob ...«

»Bist du taub?«, schnauzte das Stinktier sie an. »Mach, dass du rauskommst!« Er rüttelte Ilka so heftig, dass ihre Hände vom Türrahmen glitten.

»Wir vermissen zwei meiner Freunde!«, rief sie, während das Stinktier ihr einen so kräftigen Stoß verpasste, dass sie rückwärts stolperte und vor die Tür fiel. Noch ehe sie ihre Fragen fortsetzen konnte, wurde die Tür zugeschlagen und von innen verriegelt.

»Verdammt!«, fluchte Ilka, rappelte sich auf und schaute durchs Fenster.

Doch darauf war das Stinktier gefasst gewesen. Blitzschnell zog er die Vorhänge zu.

»So ein Blödmann!«, ärgerte sich Ilka.

Da piepte ihr Handy.

Ilka schaute sich die SMS an, die sie erhalten hatte, und stieß einen lauten Jubelschrei aus. Sofort rief sie Frau Kick an und rief: »Sie leben! Ihnen geht es gut! Bin gleich wieder bei euch!«

So schnell sie konnte, lief sie zurück zur Hütte – was trotzdem einige Minuten dauerte, denn der Liftbetrieb war an diesem Tag schon eingestellt worden. Völlig außer Atem stieß Ilka die Tür so heftig auf, als wollte sie sie eintreten. Jabali, der zufällig gerade hinter der Tür stand, musste reflexartig beiseitespringen, um sie nicht gegen den Kopf zu bekommen. Ilka stand in der Hütte und brüllte: »Sie leben! Sie leben!«

Alle Mitschüler sprangen auf und umringten sie. Fragen prasselten auf sie ein. Ilka hielt ihr Handy in die Höhe wie eine Trophäe.

»Sie haben eine SMS geschickt!« Ihre Stimme überschlug sich fast vor Glück.

Dann las sie vor: »Uns geht's gut. Haben uns verlaufen. Schlechter Empfang. Melden uns wieder!«

»Seht ihr!«, fühlte Jabali sich bestätigt. »Schlechter Empfang. Hab ich doch gesagt«

»Wo sind sie?«, wollte Frau Kick natürlich sofort wissen. Aber das hatten die Jungs nicht geschrieben, weil sie es selbst nicht wussten.

Frau Kick freute sich zwar einerseits natürlich über das Lebenszeichen, andererseits ärgerte sie sich über das Verhalten der Jungs. »Die hätten doch anrufen und die Umgebung schildern können, verflixt!« Sie versuchte sofort einen Rückruf bei Lennart, dessen Nummer sie in der Zwischenzeit in ihrem Telefonspeicher aufgenommen hatte.

»Wieso das denn? Wieder kein Empfang?«

Frau Kick schüttelte das Handy wie ein Barmann einen Cocktailshaker.

»Das hilft auch nichts!«, kommentierte Ilka. Auch wenn sie wusste, dass diese hilflose Geste nur zeigte, wie nervös Frau Kick war. Sie kontrollierte die SMS noch mal genauer.

»Sehen Sie!« Ilka zeigte auf das Display ihres Handys und erklärte: »Gesendet wurde die SMS schon vor einer halben Stunde. Erreicht hat sie mich aber erst vor wenigen Minuten! Das ist ein sicheres Zeichen für ein Funkloch.«

An der Umgebung gab es nach Meinung von Lennart und Michael nichts zu schildern.

Die beiden standen irgendwo im Wald, waren sich inzwischen sicher, mitten in gefährliches Lawinengebiet gelaufen zu sein, und wussten nicht mehr, wie sie zum Jugendhotel zurückkommen sollten. Denn die Ausläufer der gewaltigen Lawine hatten einen kräftigen Schub Schnee in den Wald hineingeschaufelt und sämtliche Spuren verwischt. Lennart und Michael hatten sich fluchtartig hinter eine schützende Baumgruppe gehockt. Als alles vorbei war, gab es keinerlei Spuren mehr im Schnee. Sie wussten nicht mehr, aus welcher Richtung sie gekommen waren. Und nun hatten sie Angst, statt zurück ins Sporthotel möglicherweise versehentlich noch weiter ins Lawinengebiet hineinzulaufen.

Auch hätten sie am Telefon ihren Standort nicht weiter beschreiben können. Sie standen im Schnee, umgeben von Bäumen, eben mitten im Wald. Mehr hätten sie nicht sagen können. Und das konnte überall sein. Ihre Skier hatten sie inzwischen abgeschnallt und trugen sie auf der Schulter. Zu Fuß kamen sie jetzt besser voran. Das Unterholz war hier zu dicht, um auf Skiern vorwärtszukommen.

So hatten sie die SMS geschrieben, die erst später, als die Handys zwischendurch wieder Empfang hatten, verschickt wurde, und sich in der Hoffnung auf den Weg gemacht, möglichst bald einen Anhaltspunkt zu finden, den sie durchgeben konnten, und anhand dessen man ihren Standort hätte identifizieren können. Doch bislang hatten sie nichts gefunden.

Bis jetzt.

»Dort oben ist etwas!«, rief Michael. Irgendetwas schimmerte dort durch die Bäume.

Es sah aus wie ...

»Eine Hütte!«, rief Michael. »Wenn das kein Anhaltspunkt ist. Komm, wir sehen nach!«

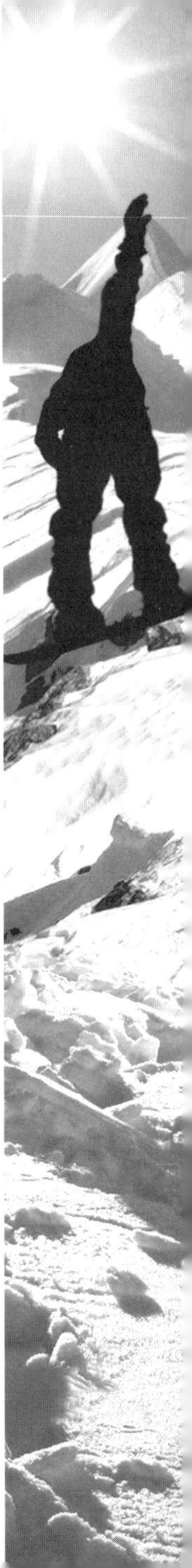

Die Holzhütte war noch kleiner als sie auf den ersten Blick durch die Bäume hindurch erschienen war. Michael und Lennart gingen etwas enttäuscht um den kleinen Schuppen herum. Sie hatten gehofft, etwas Besseres vorzufinden, ein Häuschen, in dem man Schutz suchen und Hilfe rufen konnte. Doch nichts von alledem. Stattdessen nur dieser kleine Holzschuppen, der mit einer rustikalen alten Tür verriegelt war. Ein winziges Viereck ohne Glas, nur mit einem festen Draht als Schutz vor Nagetieren versehen, diente als Fenster.

Auf Zehenspitzen konnten sie einen Blick ins dunkle Innere werfen.

»Siehst du was?«, fragte Michael, während Lennart durch das Fenster linste.

»Scheint so eine Art Lager zu sein«, vermutete Lennart. Soweit er erkennen konnte, lagen drinnen Skier, Skistiefel, vereinzelte Jacken und Hosen. Alles war achtlos und durcheinander über den Boden verstreut. Ein notdürftig zusammengenageltes Regal diente als einziges Möbel.

»Ich würde fast sagen, das sind irgendwelche übrig gebliebenen Fundsachen, wenn die nicht so durcheinandergeworfen wären«, berichtete Lennart und ließ nun Michael einmal hineingucken.

Michael stimmte Lennart zu. »Seltsam«, fand auch er. »Wozu liegen die Sachen da? Ob die schon uralt sind? Das kann man leider nicht erkennen.«

»Egal«, befand Lennart. »Hauptsache, wir haben endlich einen Anhaltspunkt, den wir der Bergwacht nennen können. Die werden die Hütte sicher kennen und können uns hier abholen. Oder zumindest sagen, in welche Richtung wir weitergehen müssen.«

Michael zog sein Handy aus der Skijacke. Und blickte enttäuscht darauf.

»Mist«, ärgerte er sich. »Sind wir hier in der Nähe der österreichischen Grenze?«

»Natürlich!«, bestätigte Lennart. »Die ist ganz nah.«

»Na toll!« Michael verzog das Gesicht. »Hast du ein Vertragshandy?«

Lennart schüttelte den Kopf. »Ne, nur Kartenhandy!«

Das hatte Michael auch. Und mit denen konnte man nicht im Ausland telefonieren, sondern nur innerhalb Deutschlands. Die Handys hatten sich aber automatisch ins Österreich-Netz eingewählt. Wenngleich sie selbst noch auf deutschem Boden standen. Der

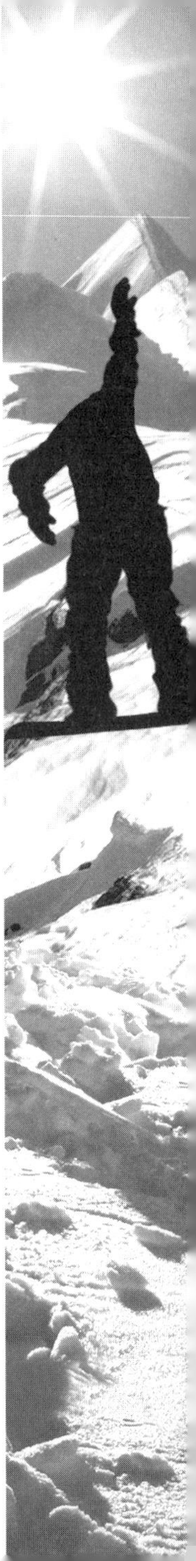

nächste Funkturm, den das Handy gefunden hatte, stand bereits in Österreich.

»Ich versuche mal die manuelle Netzauswahl!«, kündigte Lennart an, tippte auf seinem Handy herum und stellte ebenso erstaunt wie enttäuscht fest, dass sein Handy von ihrer Position aus kein deutsches Netz fand.

Damit konnten sie von der Hütte aus nicht telefonieren.

»Wir müssen weiter weg von der Grenze«, stellte Lennart fest. Aber wie weit, wusste er auch nicht. Und auch nicht, in welche Richtung.

»Wir sind aus der Richtung gekommen«, versuchte Michael sich zu erinnern und zeigte nach rechts in den Wald. »Und dort haben wir vorhin noch die SMS abschicken können. Da hatte ich noch deutsches Netz.«

»Also müsste es dort, an der Hütte vorbei, weiter in die Richtung nach Österreich gehen«, vermutete Lennart. Er drehte sich um. »Dann müssen wir also zurück?«

Michael zuckte mit den Schultern. »Versuchen wir's.«

Sie beschlossen, jetzt mit den Handys in den Händen so lange zurückzulaufen, bis sich wieder ein deutsches Netz auf dem Display zeigte. Dann konnten sie die Bergwacht anrufen, ihr die Hütte nennen und anhand ihrer neuen Spuren, die sie im Schnee hinterließen, zurück zur Hütte gehen und auf die Bergwacht warten.

»Ein guter Plan!«, fand Michael.

Und so liefen sie auf ihren Skiern los. Die Handys auf der Suche nach einem Netz vor sich her haltend wie Wünschelruten auf der Suche nach Wasser.

Schon nach kurzer Zeit rief Michael eine Erfolgsmeldung. »Ich hab ein Netz!«

»Super!«, freute sich Lennart, schaute auf sein Handy, auf dem sich aber noch das Netz aus Österreich zeigte. »Komisch, bei mir noch nicht!«

»Macht nichts!«, beruhigte ihn Michael. »Ich kann ja anrufen.«

»Niemand rufst du an!«, befahl eine Stimme.

Michael schaute zu Lennart. Aber der hatte gar nichts gesagt. Stattdessen sah Lennart entgeistert an Michael vorbei. Von der linken Seite näherte sich plötzlich jemand.

Michael folgte Lennarts Blick. Und erkannte ihn: »Das Stinktier!«

Das Stinktier, das sie bisher ja nur von Weitem gesehen hatten, war ein Jugendlicher von vielleicht 16 oder 17 Jahren. Ein großer, kräftig gebauter Typ. Zu seinem schwarzen Skianzug mit dem auffällig gestreiften Muster auf der Rückenpartie trug der Junge ein schwarzes Halstuch, eine große dunkle Skibrille, die sein Gesicht wie hinter einer Maske versteckte, und eine schwarze grobe Wollmütze. So eine, wie Bankräuber in Filmen sie oft tragen.

Das Stinktier ging schnurstracks auf den verdattert dastehenden Michael zu und schnappte ihm mit einem Griff das Handy aus der Hand.

»Hey!«, beschwerte sich Michael. »Das ist ...«

»Schnauze!«, fauchte ihn der Jugendliche an.

Und zack.

Mit einer blitzartigen Bewegung schlug er Michael ins Gesicht.

Michael schrie auf und hielt sich die Nase, die blutete.

Das Stinktier hatte nun schon Lennart erreicht, der ängstlich zurückwich.

Ehe Lennart sich versah, lag er im Schnee, ebenfalls mit blutender Nase und ohne Handy.

»Ihr habt hier nichts gesehen und nichts gehört«, drohte ihnen das Stinktier. »Verstanden? Verzieht euch. Wenn ihr irgendjemandem etwas erzählt, geht's euch an den Kragen. Glaubt mir, ich finde euch.«

»Wir können uns nicht verziehen!«, wagte Michael zu entgegnen. »Wir haben uns verlaufen. Wir finden nicht mehr zurück. Deshalb wollten wir ...«

Lennart warf ihm einen entsetzten Blick zu und schüttelte den Kopf. Zum Glück lag Lennart im Moment im Rücken des Stinktiers, sodass der Lennarts Warnung nicht sehen konnte.

Michael stoppte mitten im Satz.

Doch das Stinktier hakte nach. »Ihr wolltet was?«

»Nichts!«, antwortete Michael.

»Gut!« Das Stinktier war zufrieden. »Also noch mal: Verzieht euch. Wohin auch immer!«

»Aber das kannst du doch nicht machen!«, beschwerte sich Lennart. »Wir kennen uns nicht aus. Wir sind am Rande des Lawinengebiets! Das ist gefährlich, wenn wir da reinlaufen. Wir ...«

»Quark mir nicht die Ohren voll!«, unterbrach ihn das Stinktier und griff zu etwas, das sich auf einem Brett über der Eingangstür be-

fand. Er sauste damit auf Lennart zu, der jetzt blitzartig erkannte, dass es ein Schlagstock war.

Das Stinktier schlug zu. Der Schlag traf Lennart auf dem Rücken. Vor Schmerz jaulte er auf.

»Verzieht euch oder ich breche euch alle Knochen!«, brüllte das Stinktier. Ein zweites Mal holte er aus.

Lennart stolperte mehr voran, als dass er lief. Er wollte nur noch so schnell wie möglich aus der Reichweite des Schlagstockes kommen. In der Hoffnung, so schneller wegzukommen, stieg Lennart in seine Skier und rief: »Nichts wie weg hier!«

Auch Michael sah keine Chance, sich mit dem Stinktier anzulegen und machte, dass er fort kam. Beide starteten durch. So schnell sie konnten liefen sie auf den Skiern durch den Wald, bis sie nichts mehr von dem Kerl sahen. Dann erst gönnten sie sich schwer atmend eine Pause.

Sie betrachteten sich gegenseitig.

»O Mann«, erschrak Lennart. »Du siehst ja schlimm aus!«

Michaels Gesicht und seine Skijacke waren voller Blut.

»Das kommt nur von der Nase«, beschwichtigte Michael. Er nahm sich eine Handvoll Schnee, wusch sich damit notdürftig das Gesicht sauber.

Nahm sich noch eine Handvoll, drückte sich den Schnee in den Nacken und beugte den Kopf nach vorne.

»Du siehst aber auch nicht besser aus«, näselte er Lennart zu.

Lennart machte es Michael nach und verarztete sich notdürftig mit dem Schnee.

Sie atmeten nun beide langsam und gleichmäßig und warteten ein wenig, um sich und ihren Puls zu beruhigen. Schon bald hörte auch das Bluten auf.

Dann erst sahen sie sich um.

Und Michael stellte fest. »Verdammt, ich habe keine Ahnung, wo wir sind!«

Enttarnt!

Allmählich wurde es dunkel und Michael und Lennart hatten sich noch immer nicht gemeldet.

»Was ist da nur los?«, wunderte sich Frau Kick.

Nachdem sie von den Jungs wenigstens gehört hatten, dass es ihnen gut ging, hatte Frau Kick die Schüler auf ihre Zimmer geschickt, beziehungsweise sie gebeten, sich nicht allzu weit von der Hütte zu entfernen. Sämtliche sportliche Aktivitäten waren auf den nächsten Tag verschoben worden.

Nur Frau Kick hockte noch immer unten an der Rezeption und wartete auf eine Nachricht der Jungs. »So lange rennt man doch hier nicht ohne Netzempfang herum. Die hätten sich doch längst melden müssen.«

Auch Linh, Ilka und Jabali sorgten sich mehr und mehr um ihre Freunde Michael und Lennart. Sosehr sie auch grübelten, ihnen fiel einfach kein triftiger Grund mehr ein, weshalb die beiden nichts von sich hören ließen.

Nur Ilka wurde seit ihrem Rauswurf aus dem Skiverleih das dumpfe Gefühl nicht los, dass das Nichtauftauchen ihrer Freunde irgendetwas mit Franzl und dem Stinktier, das Linh umgefahren hatte, zu tun haben könnte. Was aber genau, vermochte sie auch nicht zu sagen. Es war nur so ein Gefühl.

»Es ist doch merkwürdig«, fand sie. »Wir ziehen los, um das Stinktier zu suchen. Dabei verlieren wir Lennart und Michael. Kurz darauf aber taucht das Stinktier auf und hat irgendetwas Geheimnisvolles mit Franzl zu besprechen. So geheimnisvoll, dass sie mich hochkant rauswerfen und sich nicht die Bohne dafür interessieren, wo Michael und Lennart abgeblieben sind.«

Linh und Jabali hörten Ilka aufmerksam zu. Gemeinsam hockten sie in dem Zimmer der Jungs, warfen immer mal wieder einen Blick hinaus, ob ihre vermissten Freunde vielleicht auftauchten.

»Ich meine«, fuhr Ilka fort, »der Franzl arbeitet hier in diesem Skigebiet. Der lebt vom Tourismus. Wenn dann plötzlich zwei Touristen verschwinden, dann müsste es ihn doch interessieren. Er müsste sich Sorgen machen, vielleicht beim Suchen helfen oder so. Das ist

doch auch schlecht für den Ruf des Skigebiets, wenn hier Kinder verschwinden!«

»Und warum, meinst du, interessiert es ihn nicht?«, fragte Jabali nach.

Ilka hatte dafür nur eine Erklärung: »Er weiß, dass Lennart und Michael wohlauf sind!«

Das war allerdings eine äußerst gewagte Theorie, fand Linh. »Du meinst, er weiß, wo Lennart und Michael stecken und sagt es nicht?«

Das konnte sie sich gar nicht vorstellen. Jeder sah doch, wie sehr man sich um die beiden sorgte.

»Vielleicht haben er und Franzl die beiden ja auch entführt und halten sie gefangen!«, spann Jabali den Faden weiter.

Doch das wurde selbst Ilka zu viel. Sofort schwächte sie ihre Theorie ein wenig ab: »Das glaube ich nicht, Jabali. Was sollen sie denn mit den beiden machen? Ewig festhalten? Und wenn sie sie irgendwann laufen lassen, sind sie dran, weil Lennart und Michael ja aussagen würden. Nein, vielleicht wissen sie nicht genau, wo die beiden sich aufhalten, aber wissen immerhin, dass sie wohlauf sind. Vielleicht hat das Stinktier sie gesehen, als Lennart und Michael ihm auf den Fersen waren. Nach dem Lawinenabgang.«

So herum machte es jetzt auch für Linh Sinn. »Ich kann mir auch den Grund vorstellen, weshalb sie schweigen. Wenn sie erzählen, wo sie Lennart und Michael gesehen haben, würden sie damit vielleicht gleichzeitig etwas anderes preisgeben. Ein Versteck oder so.«

»Ja, genau!«, fiel Jabali dazu ein. »Möglicherweise stehlen sie die Sachen, die sie ausgeliehen haben, verstecken sie irgendwo ein paar Tage . . .«

». . . oder ein, zwei Wochen«, ergänzte Ilka. »Bis wieder neue Touristen da sind, die die gestohlenen Sachen nicht wiedererkennen können.«

»Diebstahl wird oft nicht von den Versicherungen ersetzt«, wusste Ilka, deren Vater mal ein Laptop aus dem Auto gestohlen worden war. Die Versicherung hatte nicht bezahlt, weil man ein Laptop nicht im Auto liegen lässt, hatte es geheißen.

»Und so zahlen die Touris ihre verschwundenen Sachen selbst und fahren nach Hause«, begriff jetzt auch Jabali das kriminelle System. »Dann holen Franzl und das Stinktier die Sachen wieder aus dem Versteck, vermieten sie neu und stehlen sie wieder.«

»Und immer so weiter!«, schloss Ilka die Gedankenkette.

»Aber meine Skier sind gleich am nächsten Tag wieder aufgetaucht«, bemerkte Jabali.

Ilka schnippte mit den Fingern. »Das war genau ihr Fehler. Deshalb sind wir ihnen ja nur auf die Spur gekommen.«

»Das heißt also«, fasste Linh zusammen. »Wenn du recht hast, Ilka, dann hat das Stinktier Lennart und Michael gesehen. Sie müssen sich in der Nähe des Verstecks aufgehalten haben. Oder tun es immer noch.«

»Wenn also Franzl oder das Stinktier zu ihrem Versteck fahren ...«, kombinierte Linh.

»... führen sie uns zu Lennart und Michael!«, beendete Linh den Gedanken.

Und damit war den dreien klar, was als Nächstes zu tun war. Trotz des Verbots von Frau Kick, sich weiter von der Hütte zu entfernen, würden sie sich auf die Lauer legen und dem Stinktier oder Franzl folgen, sobald einer von ihnen den Skiverleih verlassen würde.

Es dämmerte bereits, als sich Linh, Ilka und Jabali anzogen, um heimlich an der Rezeption vorbeizuschleichen und sich auf die Lauer zu legen.

Frau Kick hatte mittlerweile mehrfach mit der

Bergwacht telefoniert. Da es aber die SMS gegeben hatte, in der die Jungs mitgeteilt hatten, dass es ihnen gut ging, zögerte die Bergwacht noch, einen großen Suchtrupp zusammenzustellen. Sie hatte die Hoffnung und die Erwartung geäußert, dass die Jungs vermutlich allein nach Hause kommen würden, wenn auch verspätet. Frau Kick sollte sich wieder melden, wenn sie bis zum Abend nichts Neues von den Jungs gehört hatte. Das war nun allmählich der Fall. Frau Kick ging nervös auf und ab und beschloss gerade, noch 15 Minuten zu warten, bevor sie erneut die Bergwacht anrufen würde.

Natürlich konnte niemand – weder die Bergwacht noch Frau Kick – ahnen, dass Lennart und Michael sich gar nicht mehr melden konnten, weil sie keine Handys mehr bei sich hatten.

Ilka, Jabali und Linh kamen nicht umhin, Jessica in ihren Plan einzuweihen. Denn ohne jemanden, der Frau Kick für einen Moment ablenkte, konnten sie die Hütte nicht verlassen.

Jessica erwies sich einmal mehr als verlässliche Schulkameradin, spazierte mit einem

Glas Orangensaft in der Hand an Frau Kick und der Rezeption vorbei, grüßte freundlich und ließ das Glas im richtigen Moment fallen.

Als Frau Kick und der Portier damit beschäftigt waren, Jessica beim Aufsammeln der Scherben zu helfen, konnten Ilka, Jabali und Linh wieselflink an ihnen vorbei hinaushuschen.

Keine zehn Minuten später standen sie in voller Ausrüstung mit Skiern und Stöcken vor dem Fenster des Skiverleihs und linsten durch einen schmalen Schlitz im Vorhang. Drinnen brannte noch Licht. Jabali sah Franzl, auch das Stinktier und …

»Die Handys!«, rief Jabali aufgeregt und vergaß dabei fast das Flüstern.

»Was?«, fragte Linh.

Jabali zog den Kopf ein, um von innen nicht gesehen zu werden und wiederholte aufgeregt: »Auf dem Tresen dort drinnen liegen die Handys von Lennart und Michael!«

»Wieso das denn? Wie kommen die an die Handys?«, wunderte sich Ilka. Und zweifelte: »Bist du sicher, dass das die Handys von Lennart und Michael sind?«

Jabali nickte. »Kennst du sonst noch jemand, dessen Handy mit der Nationalflagge der USA bemalt ist? Und Lennart hat ein Samsung. Und das Zweite ist ein Samsung.«

Obwohl Ilka eigentlich schon überzeugt war, wollte sie auf Nummer sicher gehen. Sie zog ihr eigenes Handy aus der Tasche und wählte Michaels Nummer. Das hatte sie am Nachmittag schon mehrfach getan. Immer meldete sich nur die Mailbox. Das hieß, entweder hatte Michael keinen Empfang gehabt oder sein Handy ausgeschaltet, oder er war einfach nicht rangegangen. Jetzt hörte Ilka deutlich die amerikanische Nationalhymne als Klingelton.

Sofort legte sie auf.

Drinnen erschraken Franzl und das Stinktier, als das Telefon klingelte. Die beiden stritten miteinander.

Die Kinder draußen hörten nur Wortfetzen.

»... die kannst du doch nicht ... auf keinen Fall länger ...«, schnauzte Franzl den anderen an.

Das Stinktier verteidigte sich. »... stecken ihre Nasen ... hab sie nur verjagt!«

Franzl schüttelte entschieden mit dem Kopf. »... geht nicht ... müssen das Lager räumen«, entschied Franzl. » ... sofort!«

»Wohin ... die Sachen?«

»Weg!«, sagte Franzl nur und machte eine ratlose Geste. Darauf wusste auch Franzl so schnell keine Antwort. Aber er befürchtete wohl, dass Lennart und Michael in Kürze auftauchen und ihr Versteck verraten könnten.

»Auf jeden Fall müssen alle Sachen erst mal raus da!«, sagte er, als er schon in der offenen Tür stand.

Anscheinend wollten die beiden sofort los. Glück für Jabali, Linh und Ilka. Ihr Plan ging auf.

Obwohl Linh sich ein wenig ärgerte. Wären die beiden noch ein wenig in dem Häuschen geblieben, hätte sie Frau Kick verständigen können. Die wäre mit der Polizei oder der Bergwacht gekommen und die beiden hätten erklären müssen, woher sie die Handys der vermissten Jungs hatten. Jetzt aber blieb keine Zeit.

Die schrägen Vögel flogen aus. Also mussten sie hinterher.

Die Verfolgung

Nachdem Lennart und Michael eine Viertelstunde gelaufen waren, blieben sie stehen. Es wurde immer dunkler und sie konnten kaum noch etwas erkennen. Nur so viel: Der Weg, den sie eingeschlagen hatten, hatte sie nicht zurück zur Hütte und nicht einmal aus dem Wald herausgeführt. Im Gegenteil.

»Schau mal!« Lennart zeigte auf den Boden.

Michael sah das Blut auf dem Schnee, das im dunklen Mondlicht gruselig glitzerte.

»Das ist unser Blut«, erkannte Lennart. »Wir sind im Kreis gelaufen.«

»Verdammt!«, ärgerte sich Michael. »Ich hätte schwören können, dass wir die ganze Zeit geradeaus gelaufen sind.«

»Wenigstens sind wir nicht weiter ins Lawinengebiet hineingeraten«, versuchte Lennart den trüben Aussichten noch etwas Positives abzugewinnen. »Wir sollten jetzt im Dunklen nicht weiterlaufen.«

»Sondern?«, wunderte sich Michael. »Willst du hier im Schnee übernachten? Da erfrieren wir!«

Lennart winkte ab. Das wollte er natürlich nicht. Aber er hatte eine Idee. »Von hier aus finden wir nicht zurück nach Hause. Zumindest nicht im Dunklen«, fasste er zusammen. »Aber wir finden von hier aus zurück zum Schuppen. Wir brauchen nur unserer Blutspur zu folgen.«

Michaels Miene hellte sich auf. Es gefiel ihm, dass der Schlag, den sie auf die Nase bekommen hatten, vielleicht doch noch zu etwas gut war.

»Ich glaube nicht, dass das Stinktier in dem Schuppen übernachtet«, fuhr Lennart fort. »Wir könnten versuchen, in den Schuppen einzubrechen. Wir bleiben die Nacht über dort und sehen morgen weiter. Bestimmt schickt die Kick irgendwann auch einen Suchtrupp los.«

Michael war sofort einverstanden. Vielleicht gab es in dem Schuppen sogar einen Ofen. Aber selbst wenn nicht, beruhigte ihn Lennart, dort lagerte genügend Skibekleidung, um sich warm zu halten.

»Aber die Idee mit dem Feuer ist trotzdem nicht mal so schlecht«, fiel Lennart ein.

»Wenn es dort einen Ofen gibt«, wiederholte Michael.

Doch Lennart widersprach. »Nein, ich meine ein offenes Feuer. Draußen!«

Michael quiekte auf. Lennart wollte doch wohl nicht draußen am Lagerfeuer übernachten. So etwas fand er ja auch toll. Im Sommer. In einem Zeltlager. Aber nicht hier, nachts in einem tiefgefrorenen Wald.

»Feuer gibt Rauch«, belehrte Lennart ihn. »Besonders, wenn wir nasses Holz verwenden. Und Rauch kann man sehen. Auch nachts! Vielleicht wird jemand darauf aufmerksam und findet uns.«

»Im Zweifel das Stinktier«, befürchtete Michael.

Doch das Risiko mussten sie eingehen.

»Also los«, trieb Lennart Michael an. »Zurück zum Schuppen. Erst versuchen wir einzubrechen, dann suchen wir Holz für ein Feuer vor der Tür.«

»Ich habe nichts zum Feuermachen«, fiel Michael ein. »Du?«

Lennart befühlte seine Taschen. Aber er trug weder Streichhölzer noch ein Feuerzeug bei sich. Vielleicht würden sie etwas in dem Schuppen finden.

Das Stinktier und Franzl hatten sich Stirnlampen aufgesetzt. Damit beleuchteten sie den Weg vor sich wie mit einer guten Fahrradlampe. Jabali, Linh und Ilka hingegen hatten nicht nur nicht an so etwas gedacht, sie besaßen solche Lampen auch gar nicht. Zwar konnten sie durch das Licht die beiden hervorragend erkennen, ohne selbst gesehen zu werden, und ihnen somit eigentlich gut folgen. Als sie wenig später aber in den Wald einbogen, stolperten sie im Dunkeln mehr vor sich hin, als dass sie auf den Skiern liefen. Immer wieder gerieten sie von den schmalen Wegen ab und liefen in dichtes Unterholz, weil sie zu spät erkannten, wann es um die Kurve ging oder eine kleine Anhöhe folgte.

Mehr und mehr fielen sie zurück. Die Lichter vor ihnen wurden immer kleiner und dunkler. Das Tempo, das die beiden vorlegten, konnten sie unmöglich halten. Nicht nur wegen des fehlenden Lichts. Auch waren sie bei Weitem nicht so geübte Skifahrer wie die beiden Jugendlichen und erheblich jünger obendrein.

»Ich hoffe nur, die erreichen das Versteck, bevor wir sie ganz aus den Augen verloren haben«, hechelte Ilka mit schwerem Atem.

Die Kondition machte Jabali keinerlei Probleme.

Nur die Geschwindigkeit. Sein Atem ging noch verhältnismäßig ruhig. Was seinen Puls vor Aufregung höher schlagen ließ, war eher die Erkenntnis, dass sie sich keinerlei Gedanken um den Rückweg gemacht hatten.

»Wenn wir sie verlieren«, merkte er soeben, »dann werden nicht nur Lennart und Michael verschollen sein, sondern wir auch. Oder habt ihr euch den Weg gemerkt, den wir gefahren sind?«

Ilka sah sich nur kurz um. »Na, immer parallel zur Loipe, oder?«

Im selben Moment stolperte sie, weil sie wieder unfreiwillig vom Pfad geraten war. Schnell korrigierte sie und lief weiter in der schmalen Schneise, die der Pfad in diesem Waldstück bildete. Aber damit wurde ihr bewusst, wie schnell sie den Weg zurück auch verlieren konnten.

»Achtung!«, rief Linh. Und zeigte nach vorn. »Die Lichter sind weg!«

»Was?«, brüllte Jabali entsetzt.

»Rechts rum. Da unten rechts rum. Schnell!« Linh beschleunigte und rannte dabei fast Jabali über den Haufen, der an der Spitze lief und eher damit beschäftigt war, das

Tempo zu halten, um nicht unkontrolliert schneller zu werden.

»Schneller! Schneller!«, forderte Linh. Ihrer Stimme konnte man entnehmen, wie sehr ihr Herz vor Anstrengung bereits raste. Sie brachte kaum noch ein Wort heraus.

»Ich mach ja, ich mach ja!«, bekannte Jabali. Jetzt packte ihn der Mut der Verzweiflung. Was konnte er sonst tun? Das Tempo, das sie nun erreicht hatten, brachte auch Jabali aus der Puste, aber was er jetzt brauchte, war vor allen Dingen Glück! Anfängerglück, damit er diese Aktion unbeschadet überstand und am Ende nicht mit zwei gebrochenen Beinen im Unterholz lag.

Endlich erreichten sie die Stelle, an der sie nach Linhs Meinung rechts herum mussten. Der Pfad teilte sich. Eine Spur führte weiter geradeaus, die andere rechts herum. Jabali atmete auf. Zur rechten Seite konnte er in der Ferne zwei tanzende Lichtkegel sehen. Das waren sie!

Jabali legte sich weiter mutig ins Zeug. Die Lage wurde immer verzwickter. Denn je mehr sie in den Wald hineinliefen, desto finsterer wurde es. Sie erkannten kaum noch die eigenen Skispitzen.

Da entdeckte Ilka etwas.

»Schaut mal!«, rief sie. »Dort brennt es!«

Michael und Lennart hatten wenig Mühe ge-
habt, in den alten Schuppen einzudringen.
Zwar war die Tür mit einem Schloss verriegelt
gewesen. Der Riegel selbst aber nur an die
recht morsche Holztür geschraubt. Ein kräft-
tiger Tritt von Michael hatte genügt, dass der
Riegel aus dem splitternden Holz herausge-
brochen war und die Jungs die Hütte betreten
konnten. Auch innen waren sie schnell fündig
geworden. Da es keinen elektrischen Strom
gab, hingen nur einige alte Petroleumlampen
an den Wänden – mit Streichhölzern, um sie
zu entzünden. So hatten die Jungs nicht nur
schnell Licht, um draußen Holz zu sammeln.
Mithilfe einer ausgekippten Petroleumlampe
konnten sie das feuchte Holz auch viel leichter
entzünden. Es kokelte nun unter dicken wei-
ßen, beißenden Rauchschwaden mehr vor sich
hin, als dass es wirklich brannte. Nur verein-
zelt loderten hin und wieder Flammen auf, nie
entstand aber ein wirklich großes Feuer. Ge-
nauso wie Michael und Lennart es sich erhofft
hatten. Der Qualm musste einfach weithin
sichtbar sein.

Und sie wurden auch nicht nur von Ilka er-
kannt.

Der Bergwacht, die Frau Kick mit ihrem letzten Anruf in Bewegung versetzt hatte, entgingen die weißen Rauchfahnen, die aus dem Wald emporqualmten, ebenfalls nicht. Im Gegensatz zu Jabali, Ilka und Linh konnte die Bergwacht den Herkunftsort sofort lokalisieren: »Aus dem Wald. Bei der alten Försterhütte!«, rief einer der Retter, der den Rauch als Erster entdeckt hatte.

»Vermutlich hat da wieder einer mit den Petroleumlampen gespielt!«, fluchte ein Zweiter. »Ich hab schon immer gesagt, lasst uns da Batteriestrom oder einen Generator reinlegen!«

»Unsinn!«, widersprach ein Dritter. »Die Hütte wird doch von niemandem mehr genutzt!«

»Und woher kommt dann das Feuer?«, fragte der Zweite zurück.

»Vielleicht von den vermissten Jungs«, schlussfolgerte der Erste richtig. Sofort rückte die Bergwacht aus, um das Feuer mitten im Wald einzudämmen. Und nach den Jungs zu schauen.

Alle waren nun unterwegs zur alten Försterhütte: Franzl und das Stinktier, Jabali, Linh und Ilka – und die Bergwacht.

Mit einem solchen Auflauf hatten Lennart und Michael natürlich niemals gerechnet, als ihnen die Idee mit dem Feuer gekommen war.

Zuerst erschienen das Stinktier und Franzl am Feuer.

Verblüfft blieben sie im ersten Moment stehen, als sie das Feuer vor ihrer Hütte sahen, in der die Tür halb offen stand.

Michael lugte heraus, weil er draußen Geräusche gehört hatte.

Das Stinktier erkannte ihn sofort.

»Das darf ja wohl nicht wahr sein!«, empörte er sich. »Hab ich dir nicht gesagt, ihr sollt euch verpissen, du kleine Ratte!«

Er sprang aus seinen Skiern und rannte auf Michael zu, der blitzschnell die Tür zuschlug.

»Verflixt!«, rief Michael. »Das Stinktier ist da!«

Lennart schaute sich nach einem Fluchtweg um, aber da war keine Möglichkeit. Durch das kleine und zudem vergitterte Fenster konnten sie nicht hinaus und vorn warf sich das Stinktier immer wieder gegen die Tür. Michael presste sich mit aller Kraft dagegen. Sie saßen in der Falle.

»Lange kann ich die Tür nicht mehr halten!«, stöhnte Michael, denn auch Franzl half nun, die Tür von außen aufzudrücken.

Lennart sah sich weiter um, fand nichts außer ein paar Skistöcken. Und – einen Schlitten. Ein alter klassischer, aus Holz.

Lennart nahm ihn, hob ihn schlagbereit wie eine Keule über den Kopf und stellte sich neben die Tür.

»Bei drei! Ich kümmere mich um den Zweiten«, flüsterte Lennart Michael zu.

Leise zählte er ab: »eins – zwei« – bei drei sprang Michael beiseite.

Die Tür flog auf.

Das Stinktier stürzte hinein und fiel zu Boden.

Michael warf sich sofort auf ihn, kniete sich auf seine Brust, hielt die Arme fest und stellte die Knie darauf.

Franzl lief in die Hütte.

Lennart nahm allen Mut zusammen – und schlug zu.

Der Schlitten krachte auf Franzls Rücken. Auch Franzl ging zu Boden.

Michael hatte das Stinktier im Griff. Mit aller Kraft hielt er ihn am Boden.

Lennart hatte den Schlitten noch immer in der Hand. Als Franzl sich aufrappeln wollte und schon halb auf allen vieren stand, schlug Lennart noch mal zu.

Franzl sank nieder.

»Lange werdet ihr das nicht aushalten«, warnte das Stinktier. »Und dann seid ihr fällig.«

»Mach dir keine Sorgen!«, gab Michael selbstbewusst zurück. »Ich bin gut trainiert und halte dich hier länger am Boden als dir lieb ist.«

Franzl taumelte, versuchte aufzustehen.

Lennart schlug ein drittes Mal zu. »Bleib besser liegen!«, drohte er, »bevor ich dich grün und blau prügle!«

»Das ist nicht notwendig!«

Lennart und Michael drehten sich um.

In der Tür stand ein Mann von der Bergwacht.

Dahinter sah Michael schon Ilka, Linh und Jabali.

Sie waren gerettet!

»Was ist denn hier los?«, fragte der Mann der Bergwacht.

»Das ist eine lange Geschichte!«, sagte Lennart.

Eine Geschichte, die die Fünf Asse in aller Ruhe der Bergwacht erzählten als sie zurück im Jugendhotel waren. Auch die anderen hörten gespannt zu. Die fünf konnten selbst kaum glauben, dass sie wohlbehalten in Decken ge-

kuschelt am Kaminfeuer saßen. Jessica machte Fotos von den fünf und unterbrach kurz, als die Leiterin des Hotels mit heißem Kakao aufwartete.

»Das macht dann siebzehn Euro fünfzig!«, sagte die Frau und suchte jemanden, der ihr das Tablett abnahm.

»Wir freuen uns immer wieder über Spenden und seien sie noch so klein! Vielen Dank«, lächelte ihr der Mann von der Bergwacht zu. Er nahm das Tablett entgegen und reichte jedem der Fünf Asse eine Tasse. Die Leiterin erkannte schnell, dass keiner irgendwelche Anstalten zum Bezahlen machte und verließ den Raum ohne ein weiteres Wort.

Franzl und das Stinktier waren wegen Diebstahls und Versicherungsbetrugs festgenommen worden. Der alte Mann vom Skiverleih hatte von all dem nichts mitbekommen. Selbst nach der Verhaftung konnte er das alles noch nicht fassen. So erklärte sich nun auch das Rätsel von Lennarts und Michaels verschwundenen Skiern, die plötzlich wieder aufgetaucht waren. Franzl hatte sie gestohlen und im Verleih beiseitegelegt. Als der alte Mann sie dort entdeckt hatte, hatte er die Ausleihliste geprüft, festgestellt, dass sie bereits ausgeliehen waren und sie zurück in den Abstellraum des Jugendsporthotels gebracht.

»Und was ist jetzt mit eurer Beschwerde wegen des Skikurses?«, fragte Lennart.

»Die hab ich einem der Herren in Uniform überreicht. Das ist doch okay, oder?«, grinste Shiva Frau Kick und den anderen entgegen.

Damit hatte alles ein gutes Ende gefunden.

Dachten die Fünf Asse.

Bis Frau Kick aufstand.

»Wenn ich es richtig verstehe, dann entstand das ganze Abenteuer, weil fünf ganz spezielle Schüler sich meinen Anweisungen widersetzt haben und mal wieder auf eigene Faust auf Verbrecherjagd gegangen sind.«

Michael, Lennart, Jabali, Linh und Ilka sackten in ihren Sitzen zusammen.

Frau Kick stand vor den Kindern, die Hände in die Hüften gestützt und runzelte die Stirn. »Was mache ich jetzt mit euch?«

Linh meldete sich zu Wort. Sie betrachtete Frau Kicks sorgenvolles Gesicht und sagte: »Siebzehn Muskeln brauchst du zum Lächeln. Über vierzig Muskeln brauchst du zum Stirnrunzeln. Warum also unnötig anstrengen?«

Darüber mussten alle so lachen, dass auch Frau Kick den Fünf Assen nicht mehr richtig böse sein konnte.

Steht auf
und frühstückt!
nutella
www.nutella.de

JEDEN MONTAG NEU!
34 17.08.2009
Deutschland: € 2,30
Österreich: € 2,50
Schweiz: SFR 4.60
WWW.MICKY-MAUS.DE
WALT DISNEY
MICKY MAUS
MAGAZIN
BEZIEH DEIN
EIGENES HAUS AUF
WWW.MICKY-MAUS.DE
© Disney

Foto: Erlend W. Dannatt
VÖLKL
Völkl
POWERED BY MARKER
DAS SECHSTE ASS
Ob Nachwuchs-Racer oder Freestyle Ass von morgen-
bei uns wird jeder Neigung entsprochen.